KB075184

마음은 여름 햇살처럼

▌ 일러두기

· 단행본 도서는 겹낫표(『 』), 잡지와 신문, 단편소설과 에세이는 홑낫표
  (「 」), 시는 작은따옴표('')로 표시했다.

· 한국 작품에서 홑낫표(「 」)와 겹낫표(『 』)가 대화를 나타내는 경우 큰따
  옴표(""), 생각이나 혼잣말을 나타내는 경우 작은따옴표('')로 표시했다.

· 한국 작품 원본의 한자는 이해를 돕기 위해 가급적 한글로 바꾸었으며, 맥
  락상 필요한 경우 그대로 두었다.

· 추가적인 설명이 필요한 부분에는 역자 주를 달았다.

마음은 여름 햇살처럼

시대를 건너 우리에게 온 여성들의 입체적인 이야기들

백세희 엮고 옮김

나에게 용기와 위로를 준
보물처럼 소중한 문장들

책을 좋아하는 나의 독서법은 시간에 따라 꾸준히 바뀌어왔다. 첫 장부터 마지막 장까지 순서대로 읽지 않으면 큰일이 나는 줄 알았던 어린 시절과 책을 한 권 고르면 무조건 끝까지 읽은 후에야 다른 책을 고르던 시절을 지나 현재는 나만의 '엉망진창 독서법'이 완성되었다.

먼저 완독에 전혀 집착하지 않으며, 손에 닿는 책을 다섯 권씩 쌓아두고 재밌을 때까지만 읽는다. 그리고 조금이라도 흥미가 떨어지면 다른 책으로 갈아탄다. 장편소설도 아무 페이지나 펼쳐 읽는 정도이니 정말 '엉망진창'이라고 할 수 있겠다. 그렇게 책을 읽으며 책 한쪽 귀퉁이에 내 생각을 낙서처럼 적어 넣고, 눈에 띄는 단어와 좋은 문장에 끝없이 밑줄을 치고 또 치고, 동그라미를 그리고 또 그린다. 필사의 시작도 그랬다. 그 단어와 문장들이 한참 동안 내 안에 남았으면 하는 마음으로, 맥락과 상관없이 읽어도 모조리 좋은 나만의 문장들을 모아 옮겨 적기 시작했다. 그

필사 노트는 내게 정성 들여 찾은 보물만큼 소중하다.

이 책 역시 마찬가지다. 세상 밖으로 나오게 되었으니 어쩌면 이 책이 더 크고 소중한 보물이 될지도 모르겠다. 어쩌다 보니 글을 쓰며 살고 있는 나에게 여성 작가들의 이야기는 그 자체로 용기를 준다. 나에게 용기와 위로를 준, 보물처럼 소중한 문장들을 소개하고 싶었다. 이 책 속 문장들이 당신에게는 어떤 의미로 남게 될지 무척 궁금해진다.

모든 페이지마다 좋은 단어와 문장이 선물처럼 들어 있는 이 책이 당신의 마음에 산뜻한 여름 햇살을 드리울 것이다. 처음부터 끝까지 순서대로 읽을 필요도 없고, 다 읽어야 한다는 부담을 가질 필요도 없다. 그저 공감과 위로 그리고 응원이 필요할 때, 언제든지 펼쳤다가 치워버려도 아무런 상처를 받지 않는 친구가 필요할 때 이 책을 찾아주면 좋겠다. 반복해서 말하지만 아무 페이지나 펼쳐도 분명히 좋을 거라고, 그렇지 않다면 랜덤 뽑기처럼 책을 덮고 다시 새로운 페이지를 펼쳐보라고 권하고 싶다. 그러면 반드시 지금의 당신에게 필요한 문장을 만날 수 있을 테니까.

2024년 여름
백세희

1장
· · · ·

모두가 한마음으로
손을 얹었다

우정과 연대

고전문학 속에서 빛나는 여성 간의 진정한 우정과 강력한 연대를 조명하는 특별한 작품을 골라 문장을 발췌했다. 『제인 에어』 『작은 아씨들』 「회생한 손녀에게」 「원고료 이백원」 등 익숙하거나 낯선 다양한 작품을 만날 수 있다. 특히 루이자 메이 올컷의 『작은 아씨들』에서는 자매 간의 끈끈한 사랑과 지지, 샬롯 브론테의 『제인 에어』에서는 제인과 헬렌의 깊은 우정의 아름다움을 담은 문장들을 꼽았다. 각각의 이야기를 통해 우리는 비단 친구나 동료 같은 관계뿐만 아니라 선생님과 학생, 할머니와 손녀뻘의 관계 등 여러 상황이나 관계 속에서 만들어지는 우정과 연대를 보게 된다. 우리 속에 굳어져 있던 우정과 연대의 의미를 새롭게 생각해보고 그 의미를 더욱 넓혀갈 수 있기를 바란다.

크리스티는 충동적으로 주변 친구들에게 손을 내밀었고, 그들 모두가 한마음으로 그녀의 손 위에 손을 얹었다. 그들은 나이와 인종, 가진 돈과는 상관없이 행복한 결말의 도래를 서두르기 위해 자신의 역할을 할 준비가 된 사랑스러운 여성들이었다.

『일: 경험의 이야기』 루이자 메이 올컷

친애하는 동생 K야.

지난번 너의 편지는 반갑게 받아 읽었다. 그러고 약해졌던 너의 몸도 다소 튼튼해짐을 알았다. 기쁘다. 무어니 무어니 해도 건강밖에 더 있느냐.

K야, 졸업기를 앞둔 너는 기쁨보다도 괴롬이 앞서고 희망보다도 낙망을 하게 된다고? 오냐, 네 환경이 그러하니만큼 응당 그러하리라. 그러나 너는 그 괴롬과 낙망 가운데서 단연히 깨달음이 있어야 한다. 그래서 기쁘고 희망에 불타는 새로운 길을 발견해야 한다.

「원고료 이백원」 강경애

다음 날 아침, 스캐처드 선생님은 종이에 '단정치 못한 아이'라는 단어를 눈에 띄게 적고, 그것을 헬렌의 크고 온화하며 지적인 이마에 마치 부적처럼 붙였다. 헬렌은 그것이 당연한 벌인 것처럼, 저녁까지 참을성 있게 원망하지 않으며 붙이고 있었다. 오후 수업이 끝나고 스캐처드 선생님이 물러나자마자 나는 헬렌에게 달려가 그것을 찢어 불 속에 던져버렸다. 헬렌이 표출하지 못한 분노가 온종일 내 영혼을 불태우고 있었으며, 뜨겁고 커다란 눈물이 계속해서 내 뺨을 뜨겁게 적셨다. 슬퍼하며 체념한 그녀의 모습을 보는 것은 내 마음에 견딜 수 없는 고통을 안겨주었다.

『제인 에어』 샬럿 브론테

너는 세 살 적에 어머니를 잃었다고? 그래서 할머니가 너를 길러내셨다고? 네가 종두로 앓을 때, 네가 열병에 걸려 죽어갈 때 할머니가 울기도 많이 우시고 밤도 많이 새셨다고. 그러므로 너는 "우리 할머니의 은혜가 태산 같소." 하며 네 눈에 눈물이 글썽글썽해졌다. 다시 내 손목을 쥐며 "당신은 내 할머니요, 내가 이번에 살아난 것이 완전히 할머니의 정성이오." 하였다. 나는 이 순간에 정신이 황홀해지고 무어라 대답을 주저하였다. 나는 묵념과 정사情思에 빠져 자연히 아무 말이 아니 나오고 감사한 호흡은 좁은 흉곽 안에 반선蟠旋하여 썩썩 숨소리만 내 귀에 우렛소리와 같이 들렸다. 오냐, 네가 주는 할머니의 명칭을 나는 사절 아니하고 받으련다. 그리고 어머니 없고 할머니와 떨어져 있는 외로운 너를 내 손녀로 귀애하고 아껴주려 한다.

「회생한 손녀에게」 나혜석

"베시, 난 이제 당신이 두렵지 않을 것 같아요. 당신에게 익숙해졌으니까요. 그리고 곧 두려워해야 할 다른 사람들도 생길 거예요."

"그들을 두려워하면 그들도 널 싫어할 거야."

"베시처럼요?"

"난 널 싫어하지 않는단다. 사실 난 다른 사람들보다 널 더 좋아하지."

"그렇게 보이진 않는걸요."

"넌 참 똑똑한 아이구나! 말투가 아주 달라졌네. 어떻게 그렇게 대담하고 강해진 거야?"

"곧 당신에게서 떠나게 될 테니까요. 게다가…."

나는 리드 부인과 있었던 일을 말하려 했지만, 다시 생각해보니 그 이야기는 하지 않는 것이 좋을 듯했다.

"그래서 나와 헤어지는 게 기쁘니?"

"전혀 아니에요, 베시. 사실 지금은 좀 슬퍼요."

"지금? 그리고 좀이라고? 참 차분하게도 말하는구나! 지금 내가 너에게 입맞춰달라고 하면 안 해줄 것 같아. '안 하는 게 낫겠어요.'라고 말하면서 말이야."

"기쁘게 입맞춰드릴게요. 고개를 숙이세요."

베시는 몸을 숙였고 우리는 서로 포옹했다. 나는 완전히 위로받은 채 그녀를 따라 집으로 들어갔다. 그날 오후는 평화롭고 조화롭게 흘러갔다. 저녁에 베시는 그녀의 가장 매혹적인 이야기들을 들려주었고, 가장 좋아하는 노래들을 불러주었다. 내게도 햇살이 비추는 삶의 순간들이 있었다.

『제인 에어』 샬럿 브론테

"무슨 일이에요? 많이 피곤하세요, 이모?" 크리스티는 입에서 가장 쉽게 나오는 호칭을 사용하며 물었다.

"아니다, 아가. 그냥 너처럼 빨리 읽을 수 있으면 좋겠다고 생각하고 있었어. 나도 많이 배우고 싶은데 읽는 게 정말 느려서 말이다." 헵시가 부드러운 눈빛으로 애타게 대답하자, 크리스티는 책을 덮고 활기차게 말했다.

"그럼 제가 가르쳐드릴게요. 초등 학습서를 가져와서 지금 바로 시작해요."

"사랑스러운 아가, 내 머리로 뭔가를 배우는 건 정말 힘든 일이야. 그리고 네게 이런 걸 부탁하고 싶지는 않았단다. 하지만 이 도움이 너무 필요하구나. 너라면 내가 원하는 방식으로 가르쳐줄 수 있을 거라 믿어."

그런 다음 헵시는 크리스티의 마음에 곧바로 닿는 속삭임으로 자신의 계획을 말하고 필요한 도움이 무엇인지 알려주었다.

헵시는 다섯 해 동안 열심히 일하며 평생의 목적을 위해 돈을 모았다. 상당한 금액이 모였을 때, 그녀는 믿었던 친구에게 그 돈을 주며 어머니를 구해오도록 보냈다. 하지만 그 친구는 헵시를 배신했고, 그녀는 어머니도 돈도 다시는 보지 못했다. 그 사건은 큰 충격이었지만 헵시는 용기를 내어 다시 일을 시작했고, 이번에는 신중해야 하는 일은 누구에게도 맡기지 않겠다고 결심했다. 그녀는 충분한 돈을 모으면 남부로 내려가 목숨을 걸고 어머니를 탈출시킬 계획이었다.

"많은 돈이 필요한 건 아니지만 글을 읽고 숫자를 세는 법을 조금은 알아야 해. 그렇지 않으면 길을 잃고 사기를 당할 거야. 나를 도와주면 나는 평생 네게 감사할 거다. 그리고 만약 내가 어머니를 무사히 구해오면, 우리 어머니도 네게 감사하겠지."

크리스티는 동정의 눈물을 흘리며, 두 손을 뻗어 이 작은 부탁을 간청하는 헵시에게 모든 도움을 주겠다고 약속했다. 그리고 그녀는 그 약속을 성실하게 지켰다.

『일: 경험의 이야기』루이자 메이 올컷

K야, 너는 책상 위에서 배운 그 지식은 그것만으로도 훌륭하다. 이제야말로 실천으로 말미암아 참된 지식을 얻어야 할 때다. 그리하여 너는 오직 너의 사회적 가치를 향상시킴에 힘써야 한다. 이 사회적 가치를 떠난 그야말로 교환가치를 향상시킴에만 몰두한다면 너는 낙오자요 패배자다. 이것은 결코 너를 상품시 혹은 물건시하는 데서 하는 말이 아니요. 사람이란 인격상 취하는 방면도 이러한 두 방면이 있다는 것을 네게 알려주고자 함이다.

「원고료 이백원」 강경애

다이애나는 내게 독일어를 가르쳐주겠다고 제안했다. 나는 그녀에게 배우는 것이 좋았다. 나는 그녀가 교사의 역할을 즐기며 그것이 잘 맞는다고 생각했다. 학생의 역할도 나에게 마찬가지로 즐겁고 잘 맞았다. 우리의 성격은 꼭 맞아떨어졌고, 그 결과 서로에게 매우 강한 애정이 생겼다.

『제인 에어』 샬럿 브론테

언니 오실 때가
두벌 꽃 필 때라기에
빨간 단풍잎을 따서
지나실 길가마다 뿌렸더니
서리 찬 가을바람이 넋 잃고
이리저리 구릅디다

떠났던 마음 돌아오실 때가
물 위의 얼음 녹을 때라기에
애타는 피를 뽑아서
쌓인 눈을 녹였더니
마저 간 겨울바람이 취해서
또 눈보라를 칩디다

언니여 웃지 않으십니까
꽃 같은 마음이 꽃 같은 마음이
이리저리 구르는 대로
피 같은 열성이 오오 피 같은 열성이

이리저리 깔린 대로

이 노래의 반가움이 무거운 것을

'언니 오시는 길에' 김명순

"저 아이를 저곳에 30분 동안 더 세워두고, 오늘 남은 시간 동안 아무도 그녀에게 말 걸지 말아요."

그렇게 나는 높은 곳에 올라섰다. 방 한가운데서 자연스럽게 서 있는 것도 창피해서 견딜 수 없다고 말했던 내가 이제는 치욕의 단상 위에 서게 된 것이다. 그때의 내 감정은 어떤 말로도 표현할 수 없었다. 하지만 숨이 막히고 목이 조이는 그 순간, 한 소녀가 다가와 내 앞을 지나가면서 눈을 들어 나를 보았다. 그 눈빛이 얼마나 신기하게 빛났는지! 그 빛줄기가 나에게 얼마나 특별한 감정을 불러일으켰는지! 새로운 감정이 나를 떠받쳐주었다. 마치 순교자나 영웅이 노예나 희생자의 곁을 지나가면서 힘을 전해주는 것 같았다. 나는 밀려오는 히스테리를 억누르고 고개를 들어 단상 위에 당당하게 섰다. 헬렌 번스는 스미스 선생님께 자기 일에 대해 간단한 질문을 했고, 그 사소한 질문으로 인해 꾸지람을 듣고 자리로 돌아가면서 나에게 미소를 지어주었다. 그 미소가 얼마나 아름다웠는지! 지금도 기억난다. 그것은 뛰어난 지성과 진정한 용기의 발산이었다. 그 미소는 그녀의 뚜렷한 이목구비, 가느다란 얼굴, 움푹 들어간 회색 눈동자를 천사의 모습처럼 빛나게 했다. 하지만 그 순간 헬렌 번스는 팔에 '단정치 못함'이라고 쓰인 배지를 달고 있었다. 불과 한 시간 전에 필사 숙제를 더럽혔다는 이유로 그녀는 스캐처드 선생님에게 빵과 물로만 저녁 식사를 하라는 벌을 받았다. 이것이 인간의 불완전한 본성이다! 가장 맑은 행성에도 이런 흠집이 있으며, 스캐처드 선생님 같은 눈은 그 작은 결점만 보고 그 행성의 밝은 빛을 보지 못하는 것이다.

『제인 에어』 샬럿 브론테

사랑은 들장미와 같고,
우정은 호랑가시나무와 같네
들장미가 피어날 때 호랑가시나무는 어둡지만,
어느 것이 더 오래 피어 있을까?

들장미는 봄에 아름답게 피고
여름의 꽃들은 공기를 향기로 채우네
하지만 다시 겨울이 오면,
누가 들장미를 아름답다고 할까?

그러니 지금 쓸모없는 장미 화환을 경멸하고
호랑가시나무의 광채로 장식하라
12월이 그대의 이마를 시들게 할 때,
호랑가시나무는 여전히 그대 화환에 푸르게 남을 테니

'사랑은 들장미와 같고' 에밀리 브론테

순희는 무엇을 결심한 듯이 얼마나 적은 얼굴을 말갛게 하고는 이렇게 말하였다.

　"서 선생 미안합니다마는 이후로는 다시 영옥이를 찾지 마십시오. 그는 영원히 선생님의 곁을 떠나버렸습니다. 부디 저 하늘 나는 작은 새에게 자유를 주는 자연의 마음과 같이 영옥이에게도 자유스럽게 하여주십시오. 그는 한 가난한 여자로서 얼어 죽는 것을 제 죽는 것보다 무섭게 알았던 여자입니다. 그는 불행한 경우에 서 선생님의 열정에 속아 든 것입니다. 아니 그이의 마음속 밑에 있던 그 동경조차 일시 그를 잊었던 것입니다. 그러나 인류의 영원을 계통해온 우리의 이상이 끊을 듯 끊을 듯하게 이어오는 것같이 외부의 사정으로 실현되지 못한 일들도 내부의 반항으로 불순한 연결은 끊어버리고 다시 순화되어서 목적지를 향하여 싸워나가라고 수단을 다하여봅니다." 하였다.

　이 광경을 본 풍채 좋은 청년은 좌우 손을 맞잡고 기쁨과 두려움이 서로 어우러지는 듯이 맞비비었다. 영옥이는 돌아와서 숙인 머리를 들지 못하고 있었다. 서병호는 노기등등하여서, "무어요? 영옥이가 나를 버리고 가겠습니까? 믿고 갈 데가 없어서 내게로 왔던 영옥이가 병으로 나를 싫어하면 했지. 당신이 꾀어낸 것이구려." 하고 순희에게 도전하였다.

"이것 보십시오." 하고 순희는 음성을 높이면서, "사람은 언제든지 자기를 믿고 사는 것입니다. 외롭고 갈 데 없는 사람일수록 자유를 구하는 마음은 더욱 커지는 것입니다. 내가 꾀어냈다는 그런 말씀을 하시는 당신은 적어도 영옥이와 나와의 두 사람의 인격 외에 세기와 시대도 자기도 모욕하신 것입니다." 하고 더 빨갛게 되었다.

「나는 사랑한다」 김명순

나는 여기 짓밟히고 짓눌린 채 누워 있었다. 다시 일어날 수 있을까? '절대 안 될 거야.'라고 생각하니 간절히 죽기를 바랐다. 이런 생각을 흐느끼며 띄엄띄엄 말하고 있을 때, 누군가가 다가왔다. 나는 깜짝 놀라 일어났다. 또다시 헬렌 번스가 내 가까이에 있었다. 희미해져가는 불빛은 그녀가 길고 텅 빈 방을 걸어오는 모습을 보여주었다. 그녀는 내게 커피와 빵을 가져왔다.

　"이리 와서 좀 먹어." 그녀가 말했다. 그러나 나는 지금 물 한 방울이나 빵 한 조각이라도 삼키면 질식할 것 같은 느낌에 그것들을 밀어냈다. 헬렌은 아마도 놀라서 나를 바라보았다. 나는 지금의 동요를 가라앉힐 수 없었고, 가라앉히려 노력했지만 계속해서 소리 내어 울었다. 그녀는 내 옆에 앉아 팔로 무릎을 감싸고, 머리를 그 위에 얹고 인도의 수도승처럼 조용히 있었다. 내가 먼저 말을 꺼냈다.

　"헬렌, 어째서 모두가 거짓말쟁이라고 믿는 나와 함께 있는 거야?"

　"모두라고, 제인? 널 그렇게 부른 사람은 고작 여든 명이야. 그리고 세상에는 수억 명의 사람들이 있지."

"하지만 내가 그 수억 명의 사람들과 무슨 상관이 있어? 내가 아는 여든 명이 나를 경멸하는데."

"제인, 네가 잘못 알고 있는 거야. 학교에서 널 경멸하거나 싫어하는 사람은 아마 한 명도 없을 거야. 많은 사람이 너를 매우 안쓰러워한다고 확신해."

"브로클허스트 씨가 그렇게 말했는데 어떻게 나를 불쌍히 여길 수 있겠어?"

"브로클허스트 씨는 신이 아니야. 그는 위대하거나 존경받는 사람도 아니지. 여기서는 그를 별로 좋아하지 않아. 그는 우리가 자기를 좋아하게 만들려고 노력한 적도 없어. 만약 그가 너를 아이들 중 특별히 좋아했다면, 네 주변에는 명백하거나 은밀한 적들이 있었을 거야. 하지만 그렇지 않으니까 사람들 대부분은 네게 동정을 표하겠지. 선생님들과 학생들이 하루 이틀 동안은 너를 차갑게 대할지도 모르지만, 그들의 마음속에는 친근한 감정이 숨어 있어. 네가 계속해서 잘 행동한다면, 그 감정들은 곧 일시적인 억압을 지나 더 분명하게 드러날 거야. 게다가 제인…" 그녀가 잠시 말을 멈췄다.

"응, 헬렌?" 내가 그녀의 손을 잡으며 말했다. 그녀는 내 손가락을 부드럽게 문지르며 따뜻하게 해주고는 말을 이었다.

"만약 세상이 모두 너를 미워하고 네가 나쁘다고 믿더라도, 너 자신의 양심이 너를 인정하고 죄에서 벗어나게 해준다면 네게 친구가 없을 수 없어."

『제인 에어』 샬럿 브론테

언니의 그때 모양은
날쌘 장검 같아서
"네 몸의 썩은 것은
있는 대로 다 찍어라!"
맑게 엄하게 말하셨어요

언니의 그때 모양은
온화한 어머니 같아서
"가시나무에서
능금을 따려 하지 마라!"
슬프게 고요히 기도하셨어요

그러나 지금은…
장성하는 생명의 화려함이
피는 꽃의 맑은 향기로움이
얼마나 우리를 깨우고
얼마나 우리를 뒤덮을까

'언니의 생각' 김명순

"애, 그런데 말끝이 나왔으니까 말이다, 빨래 언제 하니?"

"왜요? 모레는 해야겠어요."

"그러면 저녁때 늦지?"

"아마 늦을걸요."

"일찍 끝이 나더라도 개천에 계속 있어라. 그러면 건넌방 아씨하고 저녁 해 놓을 터이니 늦게 돌아와서 먹어라. 내 손으로 한 밥맛이 어떤가 보아라. 히히히."

시월이도 같이 웃는다. 어쩌면 사람이 저렇게 인정스러운가 한다. '누가 나 먹으라고 단 참외나 주었으면. 저 작은 아씨 갖다 드리게.' 속으로 혼잣말을 한다. 과연 시월이는 이렇게 고마운 소리를 들을 때마다 황송스러워 어찌할 수가 없다. 그래서 입이 있으나 어떻게 말할 줄도 모르고 다만 작은아씨가 잘 먹는 과일은 아는지라, 제게 돈이 있으면 사다가라도 드리고 싶으나 돈은 없으므로 사지는 못하되 틈틈이 어디 가서 옥수수며 살구는 곧잘 구해다가 드렸다. 이렇게 경희와 시월이 사이는 사이가 좋을 뿐 아니라 이번에 경희가 일본서 올 때에 시월의 자식 점동이에

게는 큰댁 아기들보다 더 좋은 장난감을 사다가 준 것은
뼈가 녹기 전까지는 잊을 수가 없다.

「경희」 나혜석

귀여운 아델러는 나를 보자마자 미친 듯이 기뻐했다. 페어팩스 부인은 평소처럼 소박한 친절로 나를 맞아주었다. 레아도 미소를 지었고, 소피마저 기쁜 마음으로 나에게 "봉 수아." 하고 인사했다. 매우 기분 좋은 일이었다. 주변 사람들에게 사랑받고, 내 존재가 그들의 편안함에 보탬이 된다는 느낌만큼 행복한 것은 없다.

『제인 에어』 샬럿 브론테

"오, 다이애나." 앤이 마침내 손을 모으고 거의 속삭이듯이 말했다. "네가 나를 조금이라도 좋아할 수 있을까? 내가장 친한 친구가 되어줄 수 있을 정도로?"

다이애나는 웃었다. 다이애나는 말을 하기 전에 항상 웃었다.

"그럴 수 있을 것 같아." 그녀가 솔직하게 말했다. "네가 초록 지붕 집에 살게 돼서 정말 기뻐. 같이 놀 사람이 생겨서 정말 좋아. 근처에 같이 놀 수 있는 다른 여자아이는 없고, 내 동생들은 아직 너무 어리거든."

"평생 내 친구가 되겠다고 맹세해줄래?" 앤이 간절하게 물었다.

다이애나는 깜짝 놀란 표정을 지었다.

"그건 정말 나쁜 거야.*" 그녀가 꾸짖듯이 말했다.

"오, 아니야, 내가 말한 건 그런 게 아니야. 그 단어에는 두 가지 뜻이 있거든."

● swear: '맹세하다'와 '욕하다', 두 가지 뜻으로 해석된다.

"난 하나밖에 들어본 적이 없는데." 다이애나가 의심스럽게 말했다.

"정말로 다른 뜻이 있어. 전혀 나쁜 게 아니야. 그냥 엄숙하게 서약한다는 뜻이야."

"그렇다면 괜찮아." 다이애나가 안도하며 동의했다. "그건 어떻게 하는 건데?"

"서로 손을 맞잡아야 해, 이렇게." 앤이 진지하게 말했다. "원래는 흐르는 물 위에서 해야 하는데 이 길을 흐르는 물이라고 상상하자. 그럼 내가 먼저 맹세할게. 나는 해와 달이 있는 한 내 가장 친한 친구 다이애나 배리에게 충실할 것을 엄숙히 맹세합니다. 이제 네가 내 이름을 넣어서 말해봐."

다이애나는 앞뒤로 웃으며 '맹세'를 반복했다. 그리고 말했다.

"너는 참 이상한 아이야, 앤. 네가 이상하다는 소문은 들었어. 하지만 널 정말 많이 좋아하게 될 것 같아."

『빨간 머리 앤』 루시 모드 몽고메리

몇 분 후 조가 방으로 뛰어 들어와 소파에 몸을 누이고는 신문을 읽는 척했다.

  "무슨 재미있는 거라도 있어?" 메그가 고상하게 물었다.

  "별로 대단한 건 아니고 그냥 소설일 뿐이야." 조는 신문에 쓰인 이름을 신중히 숨기며 대답했다.

  "차라리 소리 내서 읽어봐. 그러면 우리도 즐겁고 언니도 말썽부리지 않을 수 있을 거야." 에이미가 가장 어른스러운 목소리로 말했다.

  "제목이 뭐야?" 베스는 조가 왜 얼굴을 신문 뒤에 숨기는지 궁금해하며 물었다.

  "경쟁하는 화가들."

  "좋은 제목이네. 읽어봐." 메그가 말했다.

  크게 '흠!' 하고 숨을 내쉰 조는 매우 빠르게 소설을 읽기 시작했다. 소녀들은 흥미롭게 이야기를 들었다. 이야기는 낭만적이고 약간 애절했는데, 대부분의 등장인물이 결국 죽는 내용이었다.

  "멋진 그림에 대한 부분이 마음에 들어." 조가 잠시 멈추자, 에이미가 칭찬했다.

"난 사랑 이야기가 나오는 부분이 더 좋아. 그런데 비올라와 안젤로는 우리가 좋아하는 이름들이잖아. 이상하지 않아?" 메그가 눈물을 닦으며 말했다. 사랑 이야기가 비극적이었기 때문이다.

"누가 쓴 거야?" 베스가 조의 얼굴을 힐끗 보며 물었다.

조는 갑자기 일어나 신문을 던지고 얼굴이 붉어진 채 재미있게도 진지함과 흥분이 뒤섞인 목소리로 크게 대답했다.

"바로 네 언니야."

"네가 썼다고?" 메그가 손에서 일감을 놓으며 외쳤다.

"정말 잘 썼어, 언니." 에이미가 비평적으로 말했다.

"그래! 그럴 줄 알았어! 오, 우리 조 언니. 정말 자랑스러워!" 베스는 조를 껴안고 이 멋진 성공을 기뻐했다. 정말이지, 그들 모두가 매우 기뻐했다!

『작은 아씨들』 루이자 메이 올컷

펨벌리는 이제 조지애나의 집이 되었다. 올케와 시누는 다아시가 딱 바라는 만큼 다정한 사이가 되었다. 두 사람은 마치 작정이라도 한 것처럼 서로를 사랑했다. 조지애나는 엘리자베스의 의견을 아주 높이 평가했다. 물론 처음에는 생기발랄한 엘리자베스가 아주 장난기 넘치는 태도로 오빠와 대화하는 이야기를 들으며 거의 깜짝 놀랄 지경이었다. 이제 그녀는 너무 존경해서 애정 표현조차 할 수 없던 오빠에게 농담도 할 수 있게 되었고, 전에는 몰랐던 것들을 알아가기 시작했다.

『오만과 편견』 제인 오스틴

앤은 학교로 돌아오자마자 환영받았다. 친구들은 게임을 할 때는 그녀의 상상력을, 노래를 부를 때는 그녀의 목소리를, 그리고 저녁 시간에 책을 낭독할 때는 그녀의 연기력을 몹시 그리워했다. 루비 길리스는 성서 읽기 시간에 그녀에게 푸른 자두 세 알을 몰래 건네주었고, 엘라 메이 맥퍼슨은 꽃 카탈로그에서 잘라낸 거대한 노란 팬지를 주었다. 그것은 에이번리 학교에서 매우 귀하게 여겨지는 책상 장식이었다. 소피아 슬론은 앞치마 장식으로 딱 좋은 우아한 뜨개 레이스 패턴을 새로 가르쳐주겠다고 했고, 케이티 볼터는 석판을 닦을 물을 담아둘 수 있는 향수병을 주었다. 줄리아 벨은 가장자리에 물결무늬를 넣은 연한 분홍색의 종이에 정성스럽게 다음과 같은 시를 적어주었다.

앤에게

황혼이 그녀의 커튼을 내리고
별로 고정할 때

비록 황혼은 멀리 방황할지라도

네게 친구가 있음을 기억해줘

"이렇게 인정받는 건 정말 기분 좋은 일이에요." 그날 밤
앤은 황홀해하며 마릴라에게 말했다.

『빨간 머리 앤』 루시 모드 몽고메리

무어 하우스의 사람들을 알면 알수록 그들이 더 좋아졌다. 며칠 만에 나는 건강이 회복되어 하루 종일 앉아 있을 수 있었고, 가끔 산책도 할 수 있었다. 나는 다이애나와 메리가 하는 모든 일에 함께할 수 있었고, 그들이 원하는 만큼 대화할 수 있었으며, 그들이 허락한다면 그들을 도울 수도 있었다. 이 교류에서 생겨나는 즐거움은 내가 처음으로 맛본 종류의 즐거움이었다. 그것은 취향이나 감정 그리고 생각의 완벽한 일치에서 오는 기쁨이었다.

　그들이 읽는 것을 나도 읽는 것이 좋았고, 그들이 즐기는 것이 나에게도 기쁨을 주었다. 그들이 인정하는 것은 나도 존경했다.

『제인 에어』 샬럿 브론테

"그리고 내가 죽으면 헬렌 너를 다시 볼 수 있을까?"

"너도 똑같은 행복의 영역으로 들어갈 거야. 분명히 위대하신 만물의 아버지께서 널 받아주실 거야, 제인."

다시 물었지만, 이번에는 생각으로만 물었다. '그 영역은 어디에 있을까? 정말로 존재할까?' 나는 헬렌을 더 가까이 끌어안았다. 그녀가 이전보다 더 소중하게 느껴졌다. 그녀를 놓을 수 없을 것만 같았다. 내 얼굴을 그녀의 목에 묻고 누워 있었다. 잠시 후 그녀는 가장 부드러운 목소리로 말했다.

"참 편안해! 아까 기침을 해서 조금 피곤했거든. 곧 잠들 것 같아. 하지만 나를 떠나지 말아줘, 제인. 네가 내 곁에 있는 게 좋아."

"사랑하는 헬렌, 너와 함께 있을게. 아무도 나를 데려가지 못해."

"따뜻하니?"

"응."

"잘 자, 제인."

"잘 자, 헬렌."

우리는 서로 입을 맞추었고, 이내 잠들었다.

내가 깨어났을 때는 날이 밝아져 있었다. 이상한 움직임에 눈을 떠보니 나는 누군가의 팔에 안겨 있었다. 간호사가 나를 기숙사로 데려가고 있던 것이다. 방을 벗어난 것에 대해서는 꾸중을 듣지 않았다. 사람들은 다른 생각으로 가득 차 있어서 나의 많은 질문에 대한 어떤 대답도 들을 수 없었다. 템플 선생님이 새벽에 자신의 방으로 돌아왔을 때, 내가 작은 요람에 누워 있는 것을 발견했다는 사실을 하루 이틀이 지나고서 알게 되었다. 내 얼굴은 헬렌 번스의 어깨에 닿아 있었고, 내 팔은 그녀의 목을 감싸고 있었다. 나는 잠들어 있었고, 헬렌은 숨을 거둔 상태였다.

『제인 에어』 샬럿 브론테

이 강연 중간에 셰익스피어에게 여동생이 있었다고 말씀드렸습니다. 하지만 그녀를 시드니 리 경의 책에서 찾지 마십시오. 그녀는 어렸을 때 죽었고, 안타깝게도 한 글자도 쓰지 못했습니다. 그녀는 지금은 버스 정류장이 된, 엘리펀트 앤 캐슬 맞은편에 묻혀 있습니다. 이제 제가 믿는 것은 이 한 글자도 쓰지 못하고 교차로에 묻힌 시인이 여전히 살아 있다는 것입니다. 그녀는 당신과 제 속에, 그리고 설거지를 하고 아이들을 재우느라 오늘 밤 여기 이곳에 오지 못한 많은 다른 여성들 속에 살아 있습니다. 그녀는 살아 있습니다. 위대한 시인들은 죽지 않습니다. 그들은 계속해서 존재합니다. 그들에겐 오직 우리 안에 걸어 들어와 육신을 얻을 기회만이 필요합니다. 제가 생각하기에, 이제 여러분이 그녀에게 그 기회를 줄 수 있는 힘을 가지게 되었습니다. 우리가 한 세기 정도 더 산다면(여기서 말하는 것은 개인으로서의 작은 삶이 아니라 진정한 삶인 공동의 삶입니다) 우리 각자가 1년에 500파운드를 받고 자기만의 방을 가지게 된다면, 우리가 자유의 습관을 지니고 정확히 우리가 생각하는 바를 쓸 용기를 가지게 된다면, 우리가 조금이라도 공용 거실에서 벗어나 인간을 서로의 관계 속에서가 아닌 현실과의 관계 속에서 본다면, 하늘과 나무 등 무엇이든 그 자체로 본다면 말입니다.

『자기만의 방』 버지니아 울프

조가 마음을 가다듬고 한 손에는 편지, 다른 손에는 수표를 들고 나타나 자신이 상을 탔다고 발표했을 때, 그녀보다 더 자부심에 차 있는 젊은 여자는 찾기 힘들었다. 가족들은 크게 축하했으며 모두가 소설을 읽고 칭찬을 아끼지 않았다. 아버지도 그녀에게 표현이 좋고, 로맨스는 신선하고 진지하며, 비극적인 사건은 꽤나 강렬하다고 말했지만 이내 고개를 저으며 돈에는 관심이 없다는 듯이 덧붙였다.

"이보다 더 잘할 수 있어, 조. 최고를 목표로 하고, 돈은 신경 쓰지 말거라."

"돈이 제일 좋은 부분이걸요. 언니, 그런 큰돈으로 뭘 할 거야?"

에이미가 마법의 종이를 보듯 경외심 어린 눈으로 수표를 바라보며 물었다.

"베스와 엄마를 몇 달 동안 바닷가로 보낼 거야."

조가 바로 대답했다.

"오, 정말 멋지다!" 베스는 손뼉을 치면서 신선한 바닷바람을 갈망하는 듯 깊이 숨을 들이마셨다가 멈추더니 언니가 흔드는 수표를 치우며 외쳤다. "아니, 난 그럴 수 없어. 그건 너무 이기적인걸."

"하지만 넌 가야 해. 난 결심했어. 그 목표를 위해 노력했기 때문에 나도 성공한 거야. 나 혼자만 생각했다면 절대 잘될 수 없었어. 너를 위해 일한다는 목표가 도움이 된 거야. 그리고 엄마에게도 변화가 필요하지. 하지만 엄마가 널 두고 가지는 않으실 거니까 네가 반드시 가야 해. 다시 통통하고 건강한 얼굴로 돌아오는 널 보면 얼마나 즐겁겠어? 환자들을 치료하는 조 의사 선생님 만세!"

『작은 아씨들』 루이자 메이 올컷

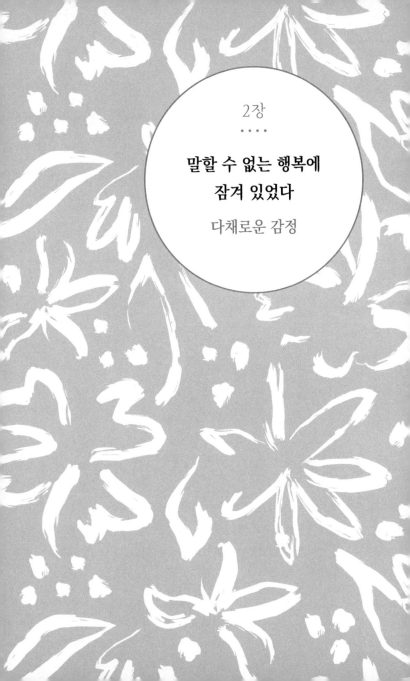

2장
. . . .

**말할 수 없는 행복에
잠겨 있었다**

다채로운 감정

다채로운 감정을 느끼는 입체적인 여성의 모습을 담았다. 이디스 워튼의 『여름』, 제인 오스틴의 『오만과 편견』, 루시 모드 몽고메리의 『빨간 머리 앤』 등의 작품에서 기쁨과 즐거움, 슬픔과 억울함, 짜증과 분노와 같은 수많은 감정을 순수하게 느끼고 솔직하게 표현하는 인물들의 모습은 재미와 공감을 불러일으킨다. 그리고 더 나아가 이 문장들을 읽는 우리는 주로 어떤 감정을 느끼며 살아왔는지, 그 감정을 온전히 인식하고 풍성히 느껴왔는지를 생각해보게 만든다.

채리티는 많은 것에 대해 무감각하고 무지했으며, 그런 사실을 어렴풋이 알고 있었다. 하지만 그녀의 모든 혈관을 타고 흐르는 피는 빛과 공기, 향기와 색깔에 반응했다. 그녀는 손바닥으로 느껴지는 마르고 거친 풀의 촉감을 사랑했고 얼굴을 파묻은 백리향의 냄새, 바람이 머리카락과 블라우스를 스치는 감촉, 바람에 흔들리며 삐걱거리는 낙엽송의 소리를 좋아했다.

그녀는 종종 언덕에 올라 바람을 느끼고 풀에 뺨을 문지르는 단순한 즐거움을 누리기 위해 홀로 누워 있었다. 그럴 때면 그녀는 보통 아무 생각도 하지 않았고 그저 말로 표현할 수 없는 행복에 잠겨 있었다.

『여름』 이디스 워튼

그러나 엘리자베스는 나쁜 기분을 오래 담아두는 성격이 아니었다. 오늘 저녁에 대한 기대는 무너졌지만, 오랫동안 신경 쓰지는 않았다. 일주일 동안 보지 못했던 샬럿 루커스에게 속상한 이야기를 모두 털어놓은 후 곧 사촌의 이상한 행동으로 대화가 옮겨갔고 친구가 그 사촌을 주목하게 되었다. 하지만 그와 처음 두 곡의 춤을 추니 기분은 다시 나빠졌다. 굴욕감만 안기는 춤이었다. 춤이 서툰데도 근엄한 콜린스 씨는 주의를 기울이지 않고 사과만 했다. 자주 동작을 틀렸지만 제대로 알지도 못해서, 불쾌한 파트너와 춤을 추면 받게 되는 온갖 창피와 굴욕만 당했다. 그에게서 벗어나는 순간 그녀는 너무나 기뻤다.

『오만과 편견』 제인 오스틴

나는 반드시 말해야 했다. 심하게 짓밟혔고, 돌아서야 했으니까. 하지만 어떻게 말해야 할까? 상대방에게 보복할 힘이 나에게 있을까? 나는 힘을 모아 이 직설적인 문장을 쏟아냈다.

　"저는 거짓말쟁이가 아니에요. 제가 거짓말쟁이라면 아주머니를 좋아한다고 말했을 거예요. 하지만 저는 아주머니를 좋아하지 않는다고 분명히 말할 수 있어요. 저는 세상에서 존 리드 다음으로 아주머니를 제일 싫어해요. 그리고 이 거짓말쟁이에 관한 책은 조지애나에게나 주세요. 거짓말을 하는 사람은 제가 아니라 바로 그 애니까요."

　리드 부인의 손은 여전히 바느질감 위에 놓여 있었고, 그녀의 얼음 같은 눈은 냉랭하게 나를 바라보고 있었다.

　"더 할 말이 있니?" 그녀는 보통 어린아이에게 쓰는 말투가 아닌 마치 성인에게 말하는 듯한 말투로 물었다. 그녀의 눈과 목소리는 내 모든 반감을 자극했다. 나는 발끝부터 머리끝까지 떨면서 통제할 수 없는 흥분으로 가득차서 말을 이었다.

　"아주머니가 제 친척이 아니라서 정말 기뻐요. 이제부

터는 아주머니라고 부르지도 않을 거예요. 어른이 되어도 당신을 절대 보러 오지 않을 거고요. 누군가 제게 당신을 어떻게 생각했는지 어떻게 대했는지 묻는다면, 당신이 저를 비참하고 잔인하게 대했으며 당신을 생각하는 것만으로도 메스껍다고 말할 거예요."

"어떻게 감히 그런 말을 할 수 있니, 제인 에어?"

"제가 어떻게 감히 그러냐고요? 어떻게 감히요? 왜냐하면 그게 진실이니까요. 당신은 제게 아무런 감정이 없기 때문에 사랑이나 친절 따위는 한 조각도 없이 살 수 있다고 생각하죠. 하지만 저는 그렇게 살 수 없어요. 그리고 당신은 동정심이 없어요. 당신이 저를 거칠고 폭력적으로 붉은 방에 밀어 넣었고, 고통 속에서 울부짖으며 '자비를 베풀어주세요! 자비를 베풀어주세요, 리드 아주머니!'라고 외치던 저를 그곳에 가두었던 것을 저는 죽을 때까지 기억할 거예요. 그 벌을 받은 이유도 당신의 못된 아들이 저를 때리고 아무 이유 없이 저를 쓰러뜨렸기 때문이죠. 누군가 제게 물어보면 이 이야기를 정확히 말할 거예요. 사람들은 당신을 좋은 사람이라고 생각하지만, 사실 당신은 나쁘고 매정한 사람이에요. 당신이야말로 거짓말쟁이라고요!"

'제가 어떻게 감히 그러냐고요? 어떻게 감히요? 왜냐하면 그게 진실이니까요.' 이 말을 끝내기도 전에 내 영혼은 이상한 자유와 승리감으로 부풀어 올랐고 기뻐하기 시작했다.

『제인 에어』 샬럿 브론테

사랑이 전부라는 것,

우리가 사랑에 대해 아는 모든 것

그것으로 충분하다, 하지만 그 사랑을

서로의 홈에 잘 맞춰야겠지

'사랑이 전부라는 것' 에밀리 디킨슨

"이 그림들을 그릴 때 행복했소?" 로체스터 씨가 물었다.

"몰두해 있었죠. 네, 행복했어요. 간단히 말해 이 그림들을 그렸던 것은 제가 이제까지 경험한 큰 즐거움 중 하나였답니다."

『제인 에어』샬럿 브론테

"결혼을 하고 싶으시다고요? 저하고요?" 그녀는 경멸스러운 웃음을 터뜨리며 말했다.

 "그날 밤 당신이 제게 물어보려던 게 그거였나요? 대체 어떻게 된 거죠? 거울을 본 지는 얼마나 되셨어요?" 그녀는 자신의 젊음과 힘을 오만하게 의식하며 몸을 꼿꼿이 세웠다.

 "아마 저와 결혼하는 것이 하녀를 두는 것보다 돈이 덜 들 거라고 생각하시는 거겠죠. 이글 카운티에서 아저씨가 가장 인색한 사람이라는 걸 모두가 알고 있어요. 그러니 결혼으로 아저씨 살림을 해치우게 될 일은 두 번 다시 없을 거예요."

 로열 씨는 채리티가 말하는 동안 움직이지 않았다. 그의 얼굴은 잿빛이 되었고, 그의 검은 눈썹은 그녀의 경멸의 불길에 눈이 먼 것처럼 떨렸다.

『여름』 이디스 워튼

뵈는 듯 마는 듯한 설움 속에

잡힌 목숨이 아직 남아서

오늘도 괴로움을 참았다

작은 작은 것의 생명과 같이

잡힌 몸이거든

이 서러움 이 아픔은 무엇이냐.

금단의 여인과 사랑하시던

옛날의 왕자와 같이

유리관 속에 춤추면 살 줄 믿고…

이 아련한 서러움 속에서

일하고 공부하고 사랑하면

재미나게 살 수 있다기에

미덥지 않는 세상에 살아왔었다.

지금 이 뵈는 듯 마는 듯한 관 속에

생장生葬되는 이 답답함을 어찌하랴

미련한 나! 미련한 나!

'유리관 속에서' 김명순

"음, 저 아가씨는 내가 지금까지 본 중에 제일 아름다운 사람이야! 하지만 형 뒤에 저 아가씨 동생이 앉아 있는데 아주 예쁘고 성격도 상냥해 보여. 내가 파트너에게 형을 소개해달라고 얘기해볼게."

　"누구를 말하는 거야?" 그는 고개를 돌려서 잠시 엘리자베스를 바라보더니 눈이 마주치자 시선을 돌리며 차갑게 얘기했다. "봐줄 만은 하네. 하지만 내킬 정도는 아니야. 난 다른 남자들이 무시한 아가씨의 기를 살려줄 기분이 아닌걸. 넌 파트너한테 돌아가서 그녀의 미소나 즐기라고. 여기서 나와 시간 낭비하지 말고."

　빙리는 그의 조언을 따랐고 다아시도 자리를 떴다. 엘리자베스는 그에게 안 좋은 감정이 생겼다. 하지만 쾌활한 데다 장난기가 다분하고 재밌는 것을 즐기는 성격인 엘리자베스는 친구들에게 신나게 그 이야기를 전했다.

『오만과 편견』 제인 오스틴

특히 여자들의 사귐이란 흔히 그 처지가 같다든지 처지가 같지 않다 하더라도 서로의 처지를 이해하고 공감할 수 있을 때 쉽게 맺어지나 보다. K와 P, 이 두 부인과 내가 알게 된 건 작년 겨울이다. 전부터 밖으로 가까우신 분들이었기에 노상 한번 뵌다고는 하면서도 피차간 딱히 겨를이 없던 것인데, 지난가을, 어떤 뜻하지 않은 사건으로 해서 두 부인과 내가 함께 불행을 맞이하였을 적에 우리는 별로 누구의 지시도 없이 그냥 쉽게 가까워질 수가 있었다. K부인은 나보다 훨씬 연장인, 내가 평소부터도 퍽 존경해온 분이지만 상상했던 것보다도 뵈오니 더 좋은 분이었다. 몹시 허약해 보이는 조용한 분인데 잠자코 앉아, 바라보고 있노라면 무엇인지 대단히 까다로운 것을 느끼게 하면서도 이상하게 순된 인상을 주는 분이다. 그로 인해 나는 이분과 만나면 마음이 평안하고 또 자유로울 수가 있었다. ─ 사귐에 있어 아무런 세속적인 수속이 필요치 않은 분이었다.

이와 반대로 P부인은 나와 동년배일 뿐 아니라 나이 비등하니만치 일찍이 서울에 친지가 별로 없는 나로 하여금 때로 막연한 흥미와 관심을 갖게 한 부인이다. P부인 역시 만나면 더욱 흥미를 끄는 분이었다. — 얼핏 보아 몹시 체소體小한 분이어서 저렇게 약한 분이 어찌 자녀의 어머니일까보냐고 바라보는 편의 기운이 되려 조상阻傷할 것 같은 데도 찬찬히 보면 어딘지 정력적이요 장히 강강한 데가 있어 가령 어떠한 불행이나 고난이 닥치더라도 다가서 멱살이라도 잡음 직한 의기意氣를 가진 분이다. 또한 K부인과는 달리 사람을 사귀고 세상 판을 대하는 데 반드시 어떤 절차와 수속을 밟는 분이었다. 슬플 때 결코 슬퍼하지 않는 분이었다. 나는 이분과 만나면 다소 피곤했다. 때로 공연한 역정이 나려고 해서 죄송했지만 하나 이분과 함께 거리에 나서기만 하면 아주 마음이 놓이고 믿어지고 무서운 것이 없었다. P부인은 곧잘 나를 향하여 너무 세상을 모른다고 웃지만 나는 부인이 너무 세상을 아는 데 아픔을 느낄 때가 있었다.

하루는 부인이 아드님을 데리고 나 있는 곳에 들러주셨다. 키가 크고 얼굴이 희며 침착한 인상을 주어 아버지를 많이 닮은 것 같은 소년에게 과일을 권하며 나는 여러 차례 부인과의 대화에 마음이 언짢았다. 이제 부인은 아주 먼 곳으로 떠나야 하겠다는 의론이신데 사태는 가시기도 어렵고 그냥 계시기도 어려운 형편이었다. 듣는 나도 안타까웠다. 어떻게 해서라도 빨리 무사히 가실 수가 있다면 얼마나 다행하랴 싶었다. 그러면서도 마음 한편 이렇게 나누이면 다시는 뵈올 길이 없으려니 싶어 외로웠다. 끝으로 우리는 서울서 견디다 못하여 백모伯母님 댁으로 옮겨간 P부인의 이야기를 하고 곧 한번 방문하기로 약속하였으나 얼마 후 나는 약속을 어기고 혼자 '광나루'로 나가는 차에 오르게 되었다.

차창 밖에는 숱한 배추밭이 쉴 새 없이 지나갔다. 어느결에 포기마다 알이 가득 차 있었다. 문득 — 이제 머지않아 김장철이 오고 얼음이 얼고 눈이 오고 — 생각이 이런 데로 미치자 점점 마음이 어두워졌다. 차에서 내린 나는, 부인이 일러준 대로 지서支署를 지나 논둑길로 꼬불꼬불 올라가다가 왼편으로 동산을 낀 협수룩하나 제법 큰 대문 안으로 들어섰다.

그러나 조금 후 뜻하지 않은 장면에 나는 놀라지 않을 수 없었다. 이불 보퉁이나 고리짝 추렁크, 이런 것들이 함부로 놓인 방에서 다섯 자녀와 두 동생과 부인이 경황없이 앉아 식사를 하고 있었다. — 그날로 이사를 나가려던 문 안집과의 약속이 어긋나 시방 꾸렸던 짐을 도로 풀어

놓느라고 하면서 부인은 소리를 내어 웃었다.

저녁때 손님인 나를 대접하느라고 우리는 뒷산으로 올라가게 되었다. 부인은 잔디가 고운 비탈에 아무렇게나 앉아 나를 돌아보며 말하기를 — 저 유유한 강물과 함께 얼마나 경치가 좋은가 하고, 아침이면 꼬마들이 어느새 추워 달달 떨며 차를 놓칠까 봐 서두르는 꼴들이란 또한 가관이라고 — 하면서 역시 소리를 내어 웃었다. 나는 이때 부인이 자랑한 바 그 유유한 강물의 경치를 보고 있었으나, 웃는 분의 그 커다란 눈에 눈물을 보는 듯 느껴졌다.

저녁에 부인의 배웅으로 나는 서울 들어오는 막차에 올랐다. 마음이 몹시 언짢았다. — 어디만치, 왔을까 — 저무는 강반江畔에 어지러이 널려 있는 '광나루'는 외롭고 쓸쓸한 곳이었다. 어디라 의지할 곳 없는 — 그것은 아무리 보아도 적막한 마을이었다. 뒤를 이어 유난히 큰 부인의 눈이 나타나고 웃던 얼굴이 떠오르고 나는 가슴이 뭉클하며 콧날이 찌릿했다. 나도 부인을 배워 이런 경우에 웃어보리라, 마음먹어 보았으나 쉽게 웃어지지는 않았다.

차차 서울이 가까워올수록 불빛이 낮처럼 밝았다. 얕고 높은 지대에 주택들이 누각처럼 휘황했다. 낙엽을 몰아오던 바람이 연상 얼굴에 먼지를 끼얹고 지나갔다. — 산란

한 거리였다. 잠자코 길을 걷고 있노라니, 퍼뜩 저 숱한 훌륭한 집에는 대체 어떤 사람들이 살고 있나 싶었다. 과연 어떤 사람들이 살고 있는 것인지 나도 도저히 잘 알 수가 없었다.

「광나루」 지하련

"이제 더 하실 말씀이 없으시겠죠." 엘리자베스는 분개하며 대답했다. "이미 온갖 방법으로 저를 모욕하셨습니다. 저는 집으로 돌아가야겠습니다."

그녀는 이렇게 말하면서 자리에서 일어났다. 캐서린 영부인 또한 자리에서 일어나서 두 사람은 함께 돌아섰다. 캐서린 영부인은 몹시 화가 났다.

"그렇다면 자네는 내 조카의 명예와 신용은 전혀 신경 쓰지 않겠다는 거로군. 냉혹하고 이기적인 아가씨야! 자네와 우리 조카가 엮이면 모든 사람이 그 아이를 우습게 볼 텐데 그런 건 안중에도 없군?"

"캐서린 영부인, 저는 더 할 말이 없습니다. 제 기분도 아시겠죠."

"그 아이를 꼭 차지하겠다고 마음먹었군그래?"

"그런 말씀은 드린 적 없습니다. 저는 단지 부인처럼 저와 아무 상관 없는 사람들의 의견에 휘둘릴 생각이 없습니다. 오직 저의 의지와 의견에 따라 제가 행복하기 위해 행동하겠다고 마음먹었을 뿐입니다."

『오만과 편견』제인 오스틴

66

나는 머프를 집어 들고 걸어갔다. 그 사건은 내게 일어났고 이내 사라져버렸다. 그것은 중요하지 않고 낭만적이지도 않으며 흥미롭지도 않은 사건이었다. 그럼에도 불구하고 이 단조로운 삶에 변화를 주었다. 내 도움이 필요했고 요구되었으며, 나는 도움을 주었다. 뭔가를 했다는 것이 기뻤다. 사소하고 일시적인 사건이었지만 그것은 어쨌든 내가 스스로 한 일이었고, 나는 모든 수동적인 일에 지쳐 있었다.

『제인 에어』샬럿 브론테

"앤, 너는 너무 많은 기대를 하고 있어." 마릴라가 한숨을 쉬며 말했다. "네가 인생을 살아가면서 크게 실망하게 될까 봐 걱정되는구나."

"오, 마릴라 아주머니. 무언가를 기대하는 것이 제가 느끼는 모든 즐거움의 절반인걸요." 앤이 외쳤다. "원하는 결과를 얻지 못할 수도 있지만, 그걸 기대하는 재미는 아무도 막을 수 없어요. 린드 부인은 '아무것도 기대하지 않는 자가 복되도다, 그들은 실망하지 않을 것이니.'라고 말씀하시죠. 하지만 저는 아무것도 기대하지 않는 것이 실망하는 것보다 더 나쁘다고 생각해요."

『빨간 머리 앤』 루시 모드 몽고메리

그녀는 점점 자신이 부끄러웠다. 다아시에 대해서든 위컴에 대해서든 자신이 맹목적이고 편파적이며 편견에 사로잡힌 터무니없는 사람이었다는 느낌을 떨칠 수가 없었다.

　"난 정말 야비한 사람이었어!" 그녀가 소리쳤다. "나 스스로 안목이 있다고 그렇게 자부했었는데. 능력이 많다고 자신했던 나였는데! 난 제인 언니의 너그럽고 솔직한 성격을 자주 무시하며 쓸데없는 의심으로 허영심을 만족시켰어. 그걸 이제야 알다니 정말 부끄러워! 하지만 부끄러운 게 당연해. 혹시 내가 사랑에 빠졌더라도 이렇게까지 맹목적이진 않았을 거야. 하지만 사랑이 아니라 허영심 때문에 난 어리석었던 거야. 한쪽은 나를 좋아해서 기뻤고, 다른 한쪽은 나를 무시해서 기분이 나빴지. 두 사람을 알기 시작한 맨 처음부터 그들과 관련해서 편견과 무지를 자초하고 이성을 몰아냈어. 지금 이 순간까지도 나는 나란 사람을 모르고 있었어!"

『오만과 편견』 제인 오스틴

아름다움을 사랑하는 앤의 눈은 모든 것을 간절하게 바라보며 그곳에 머물렀다. 불쌍한 그녀는 인생에서 아름답지 않은 곳들을 너무나 많이 보았다. 하지만 이곳은 그녀가 꿈꾸던 어떤 것만큼이나 아름다운 곳이었다.

(…)

"아, 단지 나무만을 말하는 게 아니에요. 물론 나무도 아름답죠. 아니, 정말 눈부시게 아름다워요. 꽃은 마치 자신의 존재를 의미하는 듯이 피어나고 있고요. 하지만 저는 나무뿐 아니라 정원과 과수원, 개울과 숲, 그리고 이 모든 세상을 말하는 거예요. 이런 아침에는 세상을 사랑하지 않을 수 없지요. 여기서도 개울이 웃는 소리가 들려요. 개울이 얼마나 즐거워하는지 한 번이라도 생각해보셨나요? 개울은 항상 웃고 있어요. 심지어 겨울에도 얼음 아래에서 그 웃음소리를 들은 적이 있는걸요. 초록 지붕 집 근처에 개울이 있어서 정말 기뻐요. 아주머니께서 저를 데리고 있지 않는다 해도, 이것이 제게는 중요해요. 다시는 그 개울을 보지 못한다고 해도 초록 지붕 집 근처에 개울이 있다는 것을 항상 기억할 거예요. 개울이 없었다면, 그곳에 개울이 있어야 한다는 불편한 느낌에 시달렸을 거예요. 오늘 아침에는 절망의 깊은 곳에 빠져 있지 않아요. 아침에는 절대 그럴 수 없지요. 아침이 있다는 게 얼마나 멋진 일인지 모르겠어요!"

『빨간 머리 앤』루시 모드 몽고메리

"그렇다면 저도 묻고 싶어요." 엘리자베스가 대답했다.
"왜 제 기분을 상하게 하고 모욕감을 주려는 의도로, 당신
의 의지와 이성에 반하고 심지어 인격까지 거스르면서 저
를 좋아한다고 말씀하신 건가요? 만약 제가 예의가 없었
다면 그건 당신의 무례함 때문이 아닐까요? 그런데 제게
는 또 다른 이유도 있습니다. 다아시 씨도 알고 계실 거예
요. 제가 당신에게 반감이 없었더라도, 아니 무관심했다
거나 설사 호감이 있었더라도, 가장 사랑하는 언니의 행
복을 아마도 영원히 망쳐버린 남자의 청혼을 제가 어떻게
받아들일 수 있을까요?"

『오만과 편견』 제인 오스틴

72

채리티는 평생을 감수성이 무뎌져버린 사람들 사이에서 살아왔다. 처음에 하니의 애정 표현보다 더 놀라웠던 것은 애정 표현의 일부인 그의 말들이었다. 그녀는 사랑을 항상 혼란스럽고 은밀한 것으로 생각해왔는데, 그는 그것을 여름 공기처럼 밝고 자유로운 것으로 만들어주었다.

『여름』이디스 워튼

"음, 이것도 언젠가 알아내야 할 것 중 하나예요. 알아내야 할 것들이 많다는 건 참 멋지지 않나요? 전 살아 있다는 게 정말 기뻐요. 세상은 정말 흥미로운 곳이죠. 우리가 모든 걸 다 알고 있다면 지금처럼 흥미롭지 않을 거예요, 그렇지 않나요? 그러면 상상력을 펼칠 여지도 없어지지 않을까요?"

『빨간 머리 앤』루시 모드 몽고메리

3장
· · · ·

**반드시
조금씩 자라난다**

주체적인 삶

주체적인 삶을 살아가고자 다짐하고 행동하는 여성의 모습을 담았다. 21세기를 살아가는 우리가 너무나도 당연하게 생각하고 받아들이는 많은 것이 당연하지 않던 시절이 있었다. 그리고 그 시절에 쓰인 주체적인 여성의 모습을 담은 문장들은 우리에게 큰 울림을 준다. 나혜석의 「경희」와 「어머니와 딸」, 버지니아 울프의 『자기만의 방』 등에서 꼽은 문장들을 통해 관성적으로 살아가던 우리의 삶을 돌아보고 새로운 마음가짐으로 나아갈 수 있기를 바란다.

그리고 경희가 종일 일하는 것은 아무 바라는 보수도 없었다. 다만 제가 저 할 일을 하는 것밖에 아무것도 없다.

 이렇게 경희의 일동일정—動—靜의 내막에는 자각이 생기고 의식적으로 되는 동시에 외형으로 활동할 일은 때로 많아진다. 그래서 경희는 할 일이 많다. 만일 경희의 친한 동무가 있어서 경희의 할 일 중에 하나라도 해준다면 비록 그 물건이 경희의 손에 있다 하더라도 그것은 경희의 것이 아니라 동무의 것이다. 이러므로 경희가 좋은 것을 갖고 싶고 남보다 많이 갖고 싶을진대 경희의 힘으로 능히 할 만한 일은 행여나 털끝만 한 일이라도 남더러 해달라고 할 것이 아니다. 조금이라도 남에게 빼앗길 것이 아니다. 아아, 다행이다. 경희의 넓적다리에는 살이 쪘고 팔뚝은 굵다. 경희는 이 살이 다 빠져서 걸을 수가 없을 때까지 팔뚝의 힘이 없어 늘어질 때까지 할 일이 무한이다. 경희가 가질 물건도 무수하다. 그러므로 낮잠을 한 번 자고 나면 그 시간 자리가 완연히 티가 난다. 종일 일을 하고 나면 경희는 반드시 조금씩 자라난다. 경희가 갖는 것은 하나씩 늘어간다. 경희는 이렇게 아침부터 저녁까지 얻기 위하여 자라갈 욕심으로 제 힘껏 일을 한다.

「경희」 나혜석

나는 혼자 길을 걸으며 격렬하게 울고 있었다. 나는 마치 광기에 사로잡힌 사람처럼 빠르게, 매우 빠르게 걸어갔다. 속에서 시작되어 팔다리로 퍼지는 약함이 나를 덮쳤고, 이내 나는 쓰러졌다. 몇 분 동안 땅에 누워 젖은 잔디에 얼굴을 파묻었다. 여기서 죽을지도 모른다는 두려움, 아니 어쩌면 죽을 수 있다는 희망이 생겼지만 곧 일어났다. 나는 두 손과 무릎으로 땅을 기어가다가 다시 일어섰다. 이전처럼 길에 도달하겠다는 열망과 결심은 여전히 강력했다.

『제인 에어』 샬럿 브론테

"대체 날더러 나가라는 까닭은 무엇이오. 좀 알고나 봅시다."

"난들 손님에게 그런 말을 하는 것이 실례되는 줄 알면서도 그랬지요."

"무슨 까닭이에요?"

"아니, 글쎄 말이에요. 근묵자흑으로 선생이 온 후로는 우리 영애란 년이 시집을 안 가겠다고 공부를 더 한다고 하는데, 대체 여자가 공부는 더 해서 뭐 한답니까?"

"그러면 학비는 대실 수는 있나요?"

"돈도 없거니와 돈이 있어도 안 시켜요."

"그건 왜요?"

"여자가 남편의 밥 먹으면 그만이지요."

"남편의 밥 먹다가 남편의 밥 못 먹게 되면 어쩌나요?"

"잘난 여자가 그렇지요."

"못난 여자가 그렇게 되면 어쩌고요?"

"그렇지 않을 데로 시집을 보내지요."

"누구는 처음부터 그렇게 시집을 간답니까?"

"여자가 더 배우면 뭘 해요?"

"더 배울수록 좋지요. 많이 아는 것밖에 좋은 게 있나
요."

"많이 알면 뭐 해요? 자식 낳고 살림하면 그만인걸요."

"그야 그렇지만 횡포한 남자만 믿고 살 세상이 못 됩니
다."

「어머니와 딸」나혜석

오빠!

오래간만에 보내신 당신 편지에

"사랑하는 누이야 어찌 사느냐?"고요

오빠!

당신이 잡혀가신 뒤 이 누이는

그렇게 흔한 인조고사 댕기 한 번 못 드려 보고

쌀독 밑을 긁으며 몇 번이나 입에 손 물고 울었는지요

오빠! 그러나 이 누이도

언제까지나 못나게시리 우는 바보는 아니랍니다

지금은 공장 속에서 제법 고무신을 맨든답니다

오빠 이 팔뚝을 보세요!

오빠의 팔뚝보담도 굳세고 튼튼해졌답니다

지난날 오빠 무릎에서 엿 먹던 누이는 아니랍니다

오빠! 이 해도 저물었습니다

거리거리에는 바람결에 호외가 날고 있습니다

오, 오빠! 알으십니까? 모르십니까?

오빠! 기뻐해주세요 이 누이는

옛날의 수집던 가슴을 불쑥 내밀고

수많은 내 동무들의 앞잡이가 되어

얼골에 피가 올라 공장주와 × × 답니다

'오빠의 편지 회답' 강경애

"제가 할 수만 있다면 당신을 즐겁게 해드리겠어요. 기꺼이요. 하지만 제가 어떤 주제를 꺼내야 할지 모르겠어요. 무엇이 당신의 흥미를 끌지 제가 어떻게 알겠어요? 질문을 해주세요. 최선을 다해 대답하겠습니다."

"그렇다면 먼저, 내가 말한 이유로 인해 약간의 권위를 부려도 된다고 생각합니까? 즉, 내가 당신의 아버지뻘이고 여러 나라의 많은 사람과 만나 다양한 경험을 쌓아왔으며 지구의 절반을 돌아다녔지만, 당신은 같은 집에서 같은 사람들과 조용히 지내왔으니 말입니다."

"원하시는 대로 하세요."

"그건 답이 아니오. 아니, 오히려 매우 짜증 나는 대답이지. 매우 회피적이기 때문이오. 분명하게 대답해요."

"당신이 저보다 나이가 많거나 세상을 더 많이 경험했다고 해서 저에게 지시할 권리가 있다고 생각하지는 않아요. 당신의 우월성에 대한 주장은 당신이 그 시간과 경험을 어떻게 활용했느냐에 달려 있으니까요."

『제인 에어』 샬럿 브론테

경희도 사람이다. 그다음에는 여자다. 그러면 여자라는 것보다 먼저 사람이다. 또 조선 사회의 여자보다 먼저 우주 안 전 인류의 여성이다. 이철원, 김 부인의 딸보다 먼저 하나님의 딸이다. 여하튼 두말할 것 없이 사람의 형상이다. 그 형상은 잠깐 들씌운 가죽뿐 아니라 내장의 구조도 확실히 금수가 아니라 사람이다.

오냐, 사람이다. 사람으로 보이지 않는 험한 길을 찾지 않으면 누구더러 찾으라 하리! 산꼭대기에 올라서서 내려다보는 것도 사람이 할 것이다. 오냐, 이 팔은 무엇하자는 팔이고 이 다리는 어디 쓰자는 다리냐?

경희는 두 팔을 번쩍 들었다. 두 다리로 껑충 뛰었다.

빤빤한 햇빛이 스르르 누그러진다. 남치맛빛 같은 하늘빛이 유연히 떠오른 검은 구름에 가리운다. 남풍이 곱게 살살 불어 들어온다. 그 바람에는 꽃가루와 향기가 싸여 들어온다. 눈앞에 번개가 번쩍번쩍하고 어깨 위로 우렛소리가 우루루루 한다. 조금 있으면 여름 소나기가 쏟아질 터이다.

경희의 정신은 황홀하다. 경희의 키는 별안간 엿 늘어지

듯이 부쩍 늘어진 것 같다. 그리고 눈은 전 얼굴을 가리우는 것 같다. 그대로 푹 엎드리어 합장으로 기도를 올린다.

하나님! 하나님의 딸이 여기 있습니다. 아버지! 내 생명은 많은 축복을 가졌습니다. 보십쇼! 내 눈과 내 귀는 이렇게 활동하지 않습니까? 하나님! 내게 무한한 광영光榮과 힘을 내려주십쇼. 내게 있는 힘을 다하여 일하오리다. 상을 주시든지 벌을 내리시든지 마음대로 부리시옵소서.

「경희」나혜석

학교 규칙이나 임무, 습관과 개념 그리고 사람들의 목소리, 얼굴, 표현, 복장, 선호, 반감. 이것들이 내가 알고 있는 삶의 전부였다. 그런데 이제는 이것들로 충분하지 않다는 것을 느꼈다. 반나절 만에 나는 8년 동안의 내 일상에 질려버렸다. 나는 자유를 원했다. 자유를 위해 숨을 헐떡였고, 자유를 위해 기도했다. 기도 소리는 마침 희미하게 불던 바람에 날려 흩어지는 것 같았다. 나는 기도를 그만두고 더욱 겸손한 간청을 올렸다. 변화와 자극을 달라고 말이다. 그러나 그 간청 역시 막연한 공간으로 사라져버리는 것 같았다. 나는 절반쯤 절망하며 외쳤다.

　"그렇다면 새로운 고생이라도 허락해주소서!"

『제인 에어』 샬럿 브론테

그러하면 어찌하여야 제각기 자적한 여자가 될까? 물론, 지식, 지혜가 필요하겠다. 무슨 일을 당하든지 상식으로 좌우를 처리할 실력이 있지 아니하면 안 된다. 일정한 목적으로 유의의하게 자기 개성을 발휘코자 하는 자각을 가진 부인으로서 현대를 이해한 사상, 지식상 및 품성에 대하여, 그 시대의 선각자가 되어 실력과 권력으로, 사교 또는 신비상 내적 광명의 이상적 부인이 되지 아니하면 불가한 줄로 생각하는 바라. 그러하면 현재의 우리는 점차로 지능을 확충하며, 자기의 노력으로 책임을 다하여 본분을 완수하며, 경히 일에 당하여 물에 촉하여 연구하고 수양하며, 양심의 발전으로 이상에 근접게 하면 그 일 그일其日 其日은 결코 공연히 소과消過함이 아니요. 연후에는 내일에 종신을 한다 하여도 금일 현시까지는 이상의 일생이 될까 하노라.

　그러므로 나는 현재에 자기 일신상의 극렬한 욕망으로 그림자도 보이지 아니하는 어떠한 길을 향하여 무한한 고통과 싸우며 지시한 예술에 노력고자 하노라.

「이상적 부인」 나혜석

"내가 원하는 것은 무엇인가? 새로운 장소와 새로운 집, 새로운 얼굴들과 새로운 환경 속에서 지내는 것. 더 나은 것을 원해봤자 소용이 없으니 이 정도만 원할 뿐이다. 사람들은 새로운 직업을 얻기 위해 어떻게 하는가? 친구들에게 부탁하는 것 같다. 하지만 내게는 친구가 없다. 친구가 없는 사람도 많은데, 그들은 스스로 찾아보고 스스로 돕는 수밖에 없을 것이다. 그들의 방법은 무엇인가?"

『제인 에어』샬럿 브론테

경희는 이 자극을 받는 동시에 이와 같이 조선 안에 여러 불행한 가정의 형편이 방금 제 눈앞에 보이는 것 같았다. 힘 있게 칼자루로 도마를 탁 치는 경희는 무슨 큰 결심이나 하는 것 같다. 경희는 굳게 맹세하였다. '내가 가질 가정은 결코 그런 가정이 아니다. 나뿐 아니라 내 자손 내 친구 내 문인들이 만들 가정도 결코 이렇게 불행하게 하지 않는다. 오냐, 내가 꼭 한다.' 하였다. 경희는 껑충 뛴다. 안 부엌에서 땀을 뻘뻘 흘리며 풀 쑤는 시월이를 따라간다.

「경희」 나혜석

이같이도 혼돈되고 처참한 우리 사회에서 우리 여성들이 할 일이 한두 가지가 아니겠지만 가장 제일 급선무라고 내가 생각하는 것을 간단히 써보고자 한다.

　독서, 이것이야말로 더욱 우리 여성들에게 필요하다. 매일 신문이나마 빼지 말고 보아야 되겠다. 더 나아가 잡지나 서적 같은 것이라도 보아야 되겠다. 그래야만 아내로서 남편을 밀고 나아갈 힘도 생길 것이며 자녀의 손목을 끌고 뛸 용기도 생길 것이 아니냐? 독서를 못 하면 사색이 천박하며 따라서 남편에게도 진실한 사랑을 못 하고 완롱물에 지나지 않는 인격적 멸시를 당할 것이다. 짬짬이 독서하는 것이 얼마나 필요한지는 노노呶呶치 않아도 잘 알 것이다. 그리고 우리 조선 여성들은 자기만 아는 것으로 그냥 멎어지지 못할 특수한 사명을 가졌다는 것을 알아야 한다.

　한글 보급의 사명이 이것이다. 우리 조선 여성 중 한글 아는 사람이 몇 할가량 되겠느냐 하면 대개 추측해보건대 백인 중 오인이 될까 의문이다. 그러면 우리 한글이나마 아는 여성들은 일인당 이십인씩 한글을 배워주지 않으면 안 될 의무가 있다는 것을 각오하고 겨울 긴긴밤에 근처 부녀자들을 자기 집에 모아놓고 배워주어야 할 사명이 있다고 하여도 과언이 아니다.

「조선 여성들의 밟을 길」 강경애

제가 여러분께 제시할 수 있는 소소한 한 가지 의견은 여성이 픽션을 쓰기 위해서는 돈과 자기만의 방이 필요하다는 것입니다. 그리고 보시다시피, 이것은 여성의 진정한 본성과 픽션의 진정한 본성이라는 큰 문제를 해결하지 못한 채로 남겨둡니다. 저는 이 두 질문에 대한 결론을 내리는 의무를 회피했습니다. 그로 인해 여성과 픽션이란 저에게는 여전히 해결되지 않은 문제입니다. 그러나 이를 어느 정도 보완하기 위해 저는 방과 돈에 대한 이런 의견을 가지게 된 과정을 알려드리고자 합니다. 이런 생각을 하게 된 사고의 흐름을 최대한 완전하고 자유롭게 설명해 드리겠습니다. 아마 이 말 뒤에 숨겨둔 제 생각이나 편견을 드러낸다면, 그것이 여성과 픽션에 어느 정도 관련이 있다는 것을 알게 될 것입니다.

『자기만의 방』 버지니아 울프

내가 런던에 체류할 동안, 영어를 배우기 위하여 여선생 하나를 정했다. 방금 육십여 세 된 처녀로 어느 소학교 교사요, 독신생활을 해 가는 가장 원기 있는 좋은 할머니였다. 팽크허스트 여자 참정권 운동자 연맹회 회원이요, 당시 시위운동 때 간부였었다. 지금도 여자의 권리 주창만 내놓으면 열심이다. 그는 이런 말을 한다.

　"여자는 좋은 의복을 입고, 맛있는 음식을 먹는 것을 조절하여 은행에 저금을 하라. 이는 여자의 권리를 찾는 제1 조목이 된다."

　나는 이 말이 늘 잊히지 아니하고 영국 여자들의 선각先覺에 존경하지 않을 수 없다.

「베를린에서 런던까지」 나혜석

"저는 새가 아니에요. 저를 잡아둘 수 있는 그물도 없고요. 저는 독립적인 의지를 가진 자유로운 인간이에요. 그리고 지금 그 의지를 발휘해서 당신을 떠나겠어요."

또 한 번의 노력으로 나는 자유로워졌고, 그의 앞에 당당히 섰다.

"당신의 의지가 당신의 운명을 결정할 거예요." 그가 말했다. "내 손과 마음, 그리고 내 모든 재산을 당신과 나누고 싶어요."

"당신은 우스운 연기를 하는군요. 저는 그저 비웃을 뿐이에요."

『제인 에어』 샬럿 브론테

"마릴라 아주머니, 내일은 아직 어떤 실수도 없는 새로운 날이라는 생각이 멋지지 않나요?"

"네가 충분히 실수를 만들어낼 거라고 보장하마." 마릴라가 말했다. "나는 너처럼 실수를 많이 하는 아이를 본 적이 없어, 앤."

"네, 저도 잘 알고 있어요." 앤이 애처롭게 인정했다. "하지만 아주머니, 제게 하나 격려가 되는 점을 눈치챈 적 있으신가요? 저는 같은 실수를 반복하지는 않는답니다."

"항상 새로운 실수를 하는데 그게 큰 도움이 될까 모르겠구나."

"오, 아주머니, 아직도 모르세요? 한 사람이 저지를 수 있는 실수에는 한계가 있을 거예요. 그 한계에 다다르면 그때는 실수를 저지르지 않게 될 거고요. 그 생각만 하면 정말 위안이 돼요."

『빨간 머리 앤』 루시 모드 몽고메리

만약 내가 한 사람의 마음이

부서지는 것을 막을 수 있다면,

헛되이 산 것은 아니리

만약 내가 한 사람의 고통을 덜어주거나,

하나의 아픔을 식혀주거나,

기진맥진한 울새를

그의 둥지로 돌려보낼 수 있다면,

나는 헛되이 산 것은 아니리

'만약 내가' 에밀리 디킨슨

"대체 지금 뭘 하려는 거야, 조?"

눈 오는 어느 오후, 조가 복도를 걸어 들어오는 모습을 보고 메그가 물었다. 조는 고무장화를 신고 낡은 외투와 두건을 쓴 채로 한 손에는 빗자루, 다른 손에는 삽을 들고 있었다.

"운동하러 나가는 거야." 조는 장난기 어린 눈빛으로 대답했다.

"오늘 아침에 두 번이나 긴 산책을 했잖아! 밖은 춥고 우중충해. 내 말 듣고 나처럼 따뜻하고 보송하게 난로 옆에 있는 게 좋을 거야." 메그는 몸을 떨며 말했다.

"난 충고는 절대 안 들어! 하루 종일 가만히 있을 수는 없어. 난 고양이가 아니라서 난로 옆에서 졸고 싶지는 않아. 모험을 좋아하니까 뭐든 지금 찾으러 갈 거야."

『작은 아씨들』루이자 메이 올컷

그가 말할 때 나는 몸서리를 쳤다. 그의 영향력이 내 골수까지 스며들고, 내 사지를 장악하는 것을 느꼈다.

"저 말고 다른 사람을 찾으세요, 세인트 존. 당신에게 맞는 사람을요."

"내 목적에 맞는 사람, 당신은 내 직업에 맞는 사람을 말하는군요. 다시 말하지만, 내가 짝을 이루고 싶은 사람은 하찮은 개인, 인간으로서 이기적인 감각을 가진 단순한 인간이 아닙니다. 내가 원하는 것은 선교사입니다."

"그러니 저는 제 행동력을 드리겠어요. 원하시는 것은 그것뿐이니까요. 그러나 저 자신은 드리지 않을 것입니다. 그것은 알맹이에 겉껍질을 더하는 것일 뿐이니까요. 당신은 그것들을 필요로 하지 않아요. 그것들은 제가 간직할 것입니다."

『제인 에어』 샬럿 브론테

저것! 저것은 개다. 저것은 꽃이고 저것은 닭이다. 저것은 배나무다. 그리고 저기 매달린 것은 배다. 저 하늘에 뜬 것은 까치다. 저것은 항아리고 저것은 절구다.

　이렇게 경희는 눈에 보이는 대로 그 명칭을 불러본다. 옆에 놓인 머릿장도 만져본다. 그 위에 개어서 얹은 명주 이불도 쓰다듬어본다. "그러면 내 명칭은 무엇인가? 사람 이지! 꼭 사람이다."

　경희는 벽에 걸린 큰 거울에 제 몸을 비추어본다. 입도 벌려보고 눈도 끔쩍여본다. 팔도 들어보고 다리도 내어놓아본다. 분명히 사람 모양이다. 그리고 드러누운 삽살개와 굼벵이 찍으러 다니는 닭과 또 까마귀와 저를 비교해본다. 저것들은 금수, 즉 하등 동물이라고 동물학에서 배웠다. 그러나 저와 같이 옷을 입고 말을 하고 걸어 다니고 손으로 일하는 것은 만물의 영장인 사람이라고 배웠다. 그러면 저도 이런 귀한 사람이다.

「경희」 나혜석

"단지 내가 결혼할 것 같지 않다는 거야. 나는 지금 이대로 행복하고, 지금 누리는 자유를 너무 사랑해서 어떤 남자를 위해 그것을 서둘러 포기하고 싶지 않아."

『작은 아씨들』 루이자 메이 올컷

"아니, 아주 훌륭해. 너는 네게 잘해주는 사람들에게 잘해주잖아. 나도 그런 사람이 되고 싶어. 만약 사람들이 항상 잔인하고 부당한 사람들에게 친절하게 굴며 순종한다면, 나쁜 사람들은 모든 걸 자기 마음대로 하게 될 거야. 그들은 두려움을 느끼지 않을 거고, 절대 변하지 않겠지. 오히려 더 나빠질 거야. 우리가 이유 없이 공격당할 때는 정말 강하게 반격해야 해. 그래야 다시는 우리에게 그런 짓을 못 할 테니까 말이야."

　"너도 나이를 먹으면 생각이 바뀌길 바라. 지금은 아직 어린 소녀니까 그렇게 생각하는 거야."

　"하지만 헬렌, 난 이렇게 생각해. 내가 아무리 그들을 기쁘게 하려고 해도 나를 계속 싫어하는 사람들을 나는 싫어할 수밖에 없다고 말이야. 나를 부당하게 벌주는 사람들에게 저항해야 해. 이건 내가 나에게 애정을 보여주는 사람들을 사랑하는 것만큼이나 자연스러운 일이지. 또는 내가 벌을 받을 만하다고 느낄 때는 그것을 받아들이는 것처럼 당연하고."

『제인 에어』 샬럿 브론테

우리 조선 여성들이여! 여성이라고 자포자기할 것이 아니다.

　여성의 힘이 위대한 것은 점점 일반에게 공인되어오지 않느냐. 잠자는 우리 조선 남성들은 우리 여성의 외침에 사자같이 뛰어나갈 것을 자신하고 있다. 우리들이 이 과정에서 밟을 길은 전술한 바이나 일반적으로 가정을 개혁할 힘이 여성들에게 있다는 것을 잊어서는 안 된다. 가정 내의 생활을 개신하여 효용 시간을 연장시켜 이상의 길을 같이 밟자.

　이것이 곧 사회의 개혁이 될 것이며 우리들의 생명의 촉망도 여기서 얼마간 엿볼 수가 있을 것이다.

「조선 여성들의 밟을 길」 강경애

여성들은 일반적으로 매우 침착하다고 여겨진다. 그러나 여성들도 남성들처럼 감정을 느끼고, 그들의 능력을 발휘할 수 있는 기회와 노력이 필요하다. 그들의 형제들만큼이나 말이다. 여성들은 너무나도 엄격한 억압과 절대적인 침체로 인해 정확히 남성들과 마찬가지로 고통받는다. 여성이 푸딩을 만들고 양말을 뜨며 피아노를 치고 가방에 자수를 놓는 일에만 자신을 국한해야 한다고 말하는 것은, 여성보다 더 많은 특권을 가진 남성들의 편협한 생각이다. 관습이 여성에게 필요하다고 여긴 것보다 더 많은 일을 하거나 더 많은 것을 배우고자 하는 여성을 비난하거나 비웃는 것은 경솔한 행동이다.

『제인 에어』샬럿 브론테

'먹고 입고만 하는 것이 사람이 아니라 배우고 알아야 사람이에요. 당신 댁처럼 남편과 아들에게 첩이 넷이나 있는 것도 배우지 못한 까닭이고 그것으로 속을 썩이는 당신도 알지 못한 죄예요. 그러니까 여편네가 시집가서 시앗을 보지 않도록 하는 것도 가르쳐야 하고 여편네 두고 첩을 얻지 못하게 하는 것도 가르쳐야만 합니다.' 하고 싶었다. 이외에 여러 가지 예를 들어 설명도 하고 싶었다. 그러나 이 마님 입에서는 반드시 오늘 아침에 다녀가신 할머니의 말씀과 같은 "얘, 옛날에는 여편네가 배우지 않아도 수부다남자*하고 잘만 살아왔다. 여편네는 동서남북도 몰라야 복이 많단다. 얘, 공부한 여학생들도 보리방아만 찧게 되더라. 사내가 첩 하나도 둘 줄 모르면 그것이 사내냐?" 하던 말씀과 같이 꼭 이 마님도 할 줄 알았다. 경희는 '쇠귀에 경을 읽지.' 하고 제 입만 아프고 저만 오늘 저녁에 또 이 생각으로 잠을 못 자게 될 것을 생각하였다. 또 말만 시작하게 되면 답답하여서 속이 불과 같이 탈 것, 자

●　수부다남자(壽富多男子): '오래 살고 부유하며 아들이 많다'는 뜻이다.

연 오랫동안 되면 뒷마루에서는 기다릴 것을 생각하여 차라리 일절 입을 다물었다.

「경희」 나혜석

나는 인형이었네
아버지 딸인 인형으로
남편의 아내 인형으로
그네의 노리개였네

노라를 놓아라, 순순히 놓아다구
높은 장벽을 헐고
깊은 규문을 열어
자연의 대기 속에
노라를 놓아라

나는 사람이라네
남편의 아내 되기 전에
자식의 어미 되기 전에
첫째로 사람이 되려네

나는 사람이로세
구속이 이미 끊겼도다

자유의 길이 열렸도다
천부의 힘은 넘치네

아아, 소녀들이여
깨어서 뒤를 따라오라
일어나 힘을 발하여라
새날의 광명이 비쳤네

'노라' 나혜석

나는 마음속으로 그의 아내가 된 나 자신을 상상해보았다. 오! 그건 절대 안 될 일이었다! 그의 부목사로서, 그의 동료로서라면 모든 것이 괜찮을 것이다. 나는 그와 함께 대양을 건너고, 아시아 사막에서 그와 함께 동양의 태양 아래에서 고된 일을 할 것이다. 그의 용기와 헌신, 그리고 활력을 존경하고 본받을 것이다. 그의 지도력에 조용히 순응하고, 그의 뿌리 깊은 야망에도 흔들리지 않고 미소 지을 것이다. 나는 그리스도인과 인간을 구분하고, 하나는 깊이 존경하며 다른 하나는 너그럽게 용서할 것이다. 이런 역할로 그에게 붙어 있다면 종종 고통을 겪겠지만, 내 몸은 다소 엄격한 멍에를 메겠지만 내 마음과 정신은 자유로울 것이다. 나는 여전히 나 자신에게 돌아갈 수 있을 것이다. 외로움의 순간에 소통할 수 있는 나의 자연스럽고 자유로운 감정을 가질 수 있을 것이다. 내 마음속에는 그는 들어올 수 없는 나만의 공간이 있을 것이고, 그의 엄격함으로 시들지 않으며 그의 정확한 병사 행진이 짓밟지 않는 생생하며 근심 걱정 없는 감정들이 자랄 것이다. 그러나 그의 아내로서, 항상 그의 곁에서 억압되고 제지당하며 내 본성의 불꽃을 계속 죽여야 하고, 불꽃을 태우더라도 속에서만 태우도록 강요받는 것, 그것은 견딜 수 없을 것이다.

"세인트 존!" 나는 여기까지 생각한 후 외쳤다.

"무슨 일이오?" 그가 얼음처럼 차갑게 대답했다.

"동료 선교사로서 당신과 함께 가는 것에는 기꺼이 동의하겠어요. 하지만 아내로서는 그럴 수 없습니다. 나는 당신과 결혼해서 당신의 일부가 되어드릴 수 없습니다."

『제인 에어』 샬럿 브론테

아아, 대답 잘했다. 아버지가 "그리로 시집가면 좋은 옷에 생전 배불리 먹다 죽지 않겠니?" 하실 때에 그 무서운 아버지 앞에서 평생 처음으로 벌벌 떨며 대답하였다. "아버지 안자顔子의 말씀에도 일단식과 일표음*에 낙역재기중**이라는 말씀이 없습니까? 먹고만 살다 죽으면 그것은 사람이 아니라 금수이지요. 보리밥이라도 제 노력으로 제 밥을 제가 먹는 것이 사람인 줄 압니다. 조상이 벌어 놓은 밥 그것을 그대로 받은 남편의 그 밥을 또 그대로 얻어먹고 있는 것은 우리 집 개나 일반이지요." 하였다. 그렇다. 먹고 죽으면 그것은 하등 동물이다. 더구나 제 손가락 하나 움직이지 않고 조상의 재물을 받아가지고 제가 만들기는 둘째 쳐 놓고 받은 것도 쓸 줄 몰라 술이나 기생에게 쓸데없이 낭비하는, 사람이 아니라 금수와 같이 배 뚜드리

● 　일단식일표음(一簞食一瓢飮): 대나무로 만든 밥그릇에 담은 밥과 표주박에 든 물이라는 뜻으로, 청빈하고 소박한 생활을 이르는 말이다. 일단사일표음이라고도 한다.

● ● 　낙역재기중의(樂亦在其中矣): 즐거움이 또한 자신의 믿음 그 가운데 있다는 뜻이다.

다가 죽는 부자들의 가정에는 별별 비참한 일이 많다. 거의 금수와 구별을 할 수도 없는 자가 많다. 그런 자는 사람의 가죽을 잠깐 빌려다가 쓴 것이지 조금도 사람이 아니다. 저 댑싸리 그늘 밑에 드러누우려 하여도 개가 비웃고 그 자리가 아깝다고 할 테다.

그렇다. 괴로움이 지나면 낙이 있고 울음이 다하면 웃음이 오고 하는 것이 금수와 다른 사람이다. 금수가 하지 못하는 생각을 하고 창조해내는 것이 사람이다. 사람이 번 쌀, 사람이 먹고 남은 밥찌꺼기를 바라고 있는 금수, 주면 좋다는 금수와 다른 사람은 제 힘으로 찾고 제 실력으로 얻는다. 이것은 조금도 모순이 없는 사람과 금수와의 차별이다. 조금도 의심 없는 진리다.

「경희」나혜석

"콜린스 씨, 저는 괜찮은 남자를 고문하면서 우아함을 흉내 내는 사람이 아니에요. 오히려 제가 하는 말을 진심으로 믿어주는 것을 칭찬으로 여기죠. 제게 청혼해주신 영광스러운 행동에 다시 한번 감사드립니다. 하지만 청혼은 절대 받아들일 수 없어요. 제 마음이 청혼을 거절하고 있습니다. 이보다 더 분명히 말씀드릴 수가 있을까요? 부디 저를, 당신을 괴롭히려는 우아한 여성으로 생각하지 말고 마음속의 진실만을 얘기하는 이성적인 존재로 봐주세요."

『오만과 편견』 제인 오스틴

가자! 파리로.

살러 가지 말고 죽으러 가자.

나를 죽인 곳은 파리다.

나를 정말 여성으로 만들어 준 곳도 파리다.

나는 파리 가 죽으련다. 찾을 것도, 만날 것도, 얻을 것도 없다.

돌아올 것도 없다. 영구히 가자.

과거와 현재 공空인 나는 미래로 가자.

사 남매 아이들아!

애미를 원망치 말고 사회제도와 잘못된 도덕과 법률과 인습을 원망하라.

네 애미는 과도기에 선각자로 그 운명의 줄에 희생된 자였더니라.

후일, 외교관이 되어 파리 오거든

네 애미의 묘를 찾아 꽃 한 송이 꽂아다오.

'외로움과 싸우다 객사하다' 나혜석

나는 뒤따라오며 나를 붙잡으려는 세인트 존에게서 벗
어났다. 이제는 내가 주도권을 잡을 시간이었다. 내 힘이
작동하고 있었다. 나는 그에게 질문이나 말을 삼가라고
말하고, 나를 떠나달라고 요청했다. 나는 혼자 있고 싶었
고, 그래야만 했다. 그는 즉시 내 말을 따랐다. 명령할 충
분한 힘이 있다면 언제나 복종이 따르는 법이다.

『제인 에어』 샬럿 브론테

새벽닭이 새날을 고한다. 까맣던 밤이 백색으로 활짝 열린다. 동쪽으로 난 창의 장지 한 편이 차차 밝아오며 모기장 한끝으로부터 점점 연두색을 물들인다. 곤히 자던 경희의 눈은 뜨였다. 경희는 또 오늘 종일의 제 일을 시작할 기쁨에 취하여 벌떡 일어나서 방을 나선다.

「경희」 나혜석

116

4장

· · · ·

**행복한 결말에
확실히 이끌려 갔다**

꿈과 미래

꿈과 미래를 향해 나아가는 여성의 모습을 담았다. 지금 각자의 자리에서 꿈을 꾸며 미래로 나아가는 우리처럼, 70년 전에도, 200년 전에도, 더 먼 과거에도 희망찬 미래를 꿈꾸며 노력하고 행동하는 여성들이 있었다. 나혜석의 「회화와 조선 여자」와 '아껴 무엇하리 청춘을', 루이자 메이 올컷의 『일: 경험의 이야기』 등 과거로부터 온 여성의 이야기를 통해 힘을 얻고 미래를 향한 발걸음을 힘차게 내디딜 수 있을 것이다.

"저는 울지 않고 그저 행동할 거예요. 이제 떠날 때가 되었어요. 지금까지는 이모를 위해 머물렀지만, 이제는 위안보다는 짐만 되는 것 같아서 떠나야겠어요. 안녕히 주무세요, 사랑하는 이모. 그리고 걱정하지 마세요. 머무는 동안은 순한 양처럼 있을 테니까요."

크리스티는 노부인에게 입맞추고 자기 일을 정리한 후, 자유를 향한 첫걸음이 될 편지를 쓰기 위해 앉았다. 편지를 다 쓴 후, 그녀는 다시 그녀의 친절한 친구인 불가로 가까이 갔다. 그리고 밤늦게까지 과거를 애틋하게, 현재를 용감하게, 미래를 희망차게 생각하며 앉아 있었다. 내일이면 스물한 살이 되는 그녀가 가진 것은 머리와 마음, 그리고 두 손이었다. 또한 대부분의 뉴잉글랜드 소녀가 가진 지능과 용기, 상식과 실용적인 재능들, 많은 사랑과 열정, 그리고 중요한 순간이 오면 영웅적으로 변할 수 있는 정신이 있었다.

크리스티는 적당한 재능을 가졌으며 진지하고 진실한 마음을 가진 많은 여성 중 하나였다. 이들은 필요나 기질, 또는 원칙에 의해 세상으로 나가 자신을 위한 지지와 행복, 그리고 가정을 찾아야 했다. 많은 이가 낙담하고 돌아서지만, 더 많은 이가 실체 대신 그림자를 받아들이고 너무 늦게 그들의 실수를 깨닫는다. 가장 약한 이들은 목적과 자신을 잃어버리지만, 가장 강한 이들은 계속 싸우며 위험과 패배를 겪은 후에야 비로소 이 세상이 줄 수 있는 최고의 성공을 얻는다. 그 성공은 용감하고 밝은 정신과 자아, 자제력과 자립심을 풍부하게 소유하는 것이다. 이것이 크리스티의 진정한 소망이었고, 그녀의 교훈이자 보상이 될 것이었다. 그리고 그녀는 삶과 노동의 오랜 훈련을 통해 이 행복한 결말에 천천히 그러나 확실히 이끌려 가고 있었다.

『일: 경험의 이야기』 루이자 메이 올컷

조는 주변의 좋은 분위기에 매우 행복했다. 빵을 사기 위해 열심히 일하며 노력한 덕분에 그 빵이 더 달게 느껴졌고, 일을 하면서도 틈틈이 글을 쓸 시간을 냈다. 지금 그녀를 사로잡은 목적은 가난하고 야망 있는 소녀에게 자연스러운 것이었지만, 그 목적을 달성하기 위해 택한 수단은 최선이 아니었다. 그녀는 돈이 권력을 부여한다는 것을 깨달았고 그래서 돈과 권력을 가지기로 결심했다. 그것을 자신만을 위해서가 아니라, 자신보다 더 사랑하는 사람들을 위해 사용하려는 것이었다.

　집을 편안함으로 가득 채우고, 베스에게 겨울철 딸기부터 방에 둘 오르간까지 원하는 모든 것을 주고, 해외여행을 다니며 항상 풍족하게 지내서 기부도 할 만큼 사치를 누리는 것은 수년간 조가 가장 소중히 간직해온 꿈이었다.

『작은 아씨들』루이자 메이 올컷

하루 종일 나는 고생했지만 고통스럽지는 않았네
배움의 금광에서
그리고 이제 다시 저녁이 되어
달빛이 부드럽게 빛나네

땅 위에는 눈이 없고
바람이나 파도에는 서리가 없네
남풍이 부드러운 소리를 내며 불어와
그들의 얼어붙은 무덤을 깨뜨렸네

밤에 이곳을 방황하며
겨울이 죽어가는 모습을 지켜보는 것은 즐겁네
마음은 여름 햇살처럼 밝고
여름 하늘처럼 따뜻하네

오, 내가 결코 이 평화를 잃지 않기를
지금 나를 부드럽게 달래주는 이 평화를
시간이 내 젊은 얼굴을 바꾸고

세월이 내 이마를 그늘지게 하더라도

자신에게도, 모두에게도 진실되게
여전히 건강하기를
열정의 부름을 외면하고
나의 거친 의지를 억누르기를

'하루 종일 나는 고생했지만' 에밀리 브론테

"베시 이모, 새로운 독립 선언이 있을 거예요."

"어머나, 도대체 무슨 말이니, 애야?" 깜짝 놀란 노부인은 파이를 오븐에 부주의하게 던져 넣었다.

"제 말은, 이제 저도 성인이 되었으니 스스로를 돌볼 거라는 거예요. 더 이상 짐이 되지 않겠어요. 삼촌은 제가 방해만 된다며 나가야 한다고 생각하시죠. 머지않아 제게 그렇게 말씀하실 거예요. 저는 그 말을 기다리지 않겠어요. 동화 속 주인공들처럼 세상으로 나가 제 운을 찾아볼 거예요. 저는 제가 할 수 있다는 걸 알아요."

크리스티는 마치 자신의 운명을 반죽하듯이 힘차게 빵 반죽을 하며 강조하여 말했다. 한편 베시 이모는 파이 포크를 들고 놀라서 듣고 있었다. 소녀가 결연히 반죽을 두드리며 말을 멈추자 노부인이 외쳤다.

"도대체 무슨 말도 안 되는 생각을 하고 있는 거니?"

"매우 현명하고 이성적인 생각이에요, 이모. 그러니 들어주세요. 이 생각을 꽤 오랫동안 가지고 있었고 깊이 고민해봤어요. 제가 해야 할 옳은 일이라는 확신이 들어요. 저는 스스로를 돌볼 만큼 나이가 들었어요. 만약 제가 남자였다면, 벌써 오래전에 그렇게 하라고 하셨겠죠. 저는 의존하는 게 싫어요. 그리고 이제 더 이상 그럴 필요도 없으니 참을 수가 없어요. 이모가 가난했더라면 떠나지 않았을 거예요. 이모가 제게 얼마나 친절하게 대해주셨는지는 절대 잊지 않을게요. 하지만 삼촌은 저를 사랑하지도 이해하지도 않으시죠. 저는 삼촌께 짐이 되고 있어요. 이제 스스로를 돌볼 수 있는 곳으로 가야만 해요. 그래야만 행복할 수 있어요. 여기에는 저를 위한 게 아무것도 없어요. 먹고 마시고 부자가 되는 것만 생각하는 이 지루한 마을이 싫어요. 제가 원하는 방식으로 저를 도와줄 친구도, 제가 잘할 수 있는 일도 여기에는 없어요. 그러니 이모, 제가 저만의 자리를 찾을 수 있게 해주세요."

"하지만 난 네가 필요하단다, 얘야. 그리고 삼촌이 널 좋아하지 않는다고 생각하지 말아라. 삼촌도 널 좋아하는데 다만 그걸 표현하지 못할 뿐이지. 네가 가끔 특별한 방식으로 삼촌을 성가시게 할 때, 삼촌이 기분 나빠하는 건 나도 알아. 그래도 네가 왜 만족하지 못하는지 이해할 수 없구나. 나는 평생 여기서 살았어도 이곳에서 지내는 게 외롭다거나 이웃들이 불친절하다고 생각한 적은 없는걸."

베시 이모는 크리스티의 말을 듣고는 당황한 표정을 지

었다.

"이모와 저는 많이 달라요. 아무래도 제 성격에는 이스트가 더 많이 들어간 것 같아요. 따뜻한 구석에서 조용히 오래 있다 보니 이제 발효가 시작됐고, 적절한 때에 반죽되어야 건강한 빵이 될 수 있어요. 이모는 그러실 수 없으니, 제가 그렇게 할 수 있는 곳으로 가게 해주세요. 그러지 않으면 저는 상해서 쓸모없어질 거예요. 이제는 좀 더 이해가 되세요?" 크리스티는 빵을 예로 들어 이모의 눈을 바라보며 미소를 지었다.

"네 말이 무슨 뜻인지 알겠다. 한 번도 그런 생각을 해본 적이 없었어. 네가 나보다 더 잘할 수 있겠지. 하지만 너무 많은 발효제가 들어가면 시중에서 파는 빵처럼 맛있지 않고, 너무 많이 반죽하면 빵이 딱딱하고 마르게 된단다. 자, 이제 빨리 움직이자. 오븐이 거의 다 데워졌고, 이 케이크는 반죽하는 데 시간도 오래 걸리니 말이야."

"이모, 아직 제가 가도 된다고 말씀하시지 않았잖아요." 크리스티가 말했다.

그동안 노부인은 재료를 매우 섬세하게 측정하고 섞느라 한참 동안 말을 하지 않았다. 이내 요리책을 보며 혼잣말로 덧붙였다.

"네가 가겠다고 선택한다면, 내가 널 붙잡을 권리는 없겠지. 네가 행복하지 않다니 유감이구나. 하지만 난 네가 여기서도 행복할 수 있다고 생각해(소금 한 꼬집을 넣는다). 그래도 네가 그럴 수 없다고 한다면, 그리고 필요하다고 느낀다면(계란 여섯 개의 노른자와 흰자를 함께 휘젓는다) 삼촌께 이야기하렴. 삼촌이 허락한다면(설탕을 두 컵 넣는다) 가거라, 크리스티. 내 축복을 가지고 가렴(잊지 않고 종이 한 장을 덮는다)."

크리스티의 웃음소리가 주방을 울렸고, 노부인은 소녀의 웃음소리를 들으며 자상하게 미소 지었다. 하지만 그녀는 소녀가 왜 웃는지 전혀 알지 못했다.

"오늘 밤 삼촌께 여쭤볼게요. 반대하지 않으실 거예요. 그다음엔 플린트 부인께 방이 있는지 편지를 써서 여쭤봐야겠어요. 일을 찾을 때까지는 거기서 머무를 수 있을 거예요. 세상에는 할 일들이 많고, 저는 그것들을 두려워하지 않아요. 곧 제 소식을 들으실 수 있을 거예요. 슬퍼하지 마세요. 제가 이 나라에서 가장 위대한 여성이 되더라도 이모를 절대 잊지 않을 거라는 걸 잘 아시잖아요."

크리스티는 밀가루 묻은 애정 어린 손자국을 노부인의 어깨에 남기며 주름진 얼굴에 입을 맞추었다. 그 얼굴은

한 번도 그녀에게 찡그린 적이 없었다.

『일: 경험의 이야기』루이자 메이 올컷

"양복 속적삼은 작년 여름에 남대문 밖에서 일본 여자가 와서 가르치던 재봉틀 바느질 강습소에 날마다 다니며 배웠지요. 제 조카들의 양복도 해서 입히고 모자도 해서 씌우고 또 제 오라비 여름 양복까지 했어요. 일어를 아니까 선생하고 친하게 되어서 다른 사람에게는 가르쳐주지 않는 것까지 다 가르쳐주더래요. 낮에는 배워가지고 와서는 밤이면 똑 열두 시, 새로 한 시까지 앉아서 배운 것을 보고 그대로 그리고 모두 치수를 적고 했어요. 나는 그게 무엇인가 하였더니 나중에 재봉틀 회사 감독이 와서 그러는데 '이제까지 일어로만 한 것이어서 부인네들 가르치기에 불편하더니 따님이 만든 책으로 퍽 유익하게 쓰겠습니다.' 하는 말에 그런 것인 줄 알았어요. 좀 가르치면 어디든지 그렇게 쓸 데가 있더구먼요. 그뿐 아니라 그 점잖은 일본 사람들에게도 얼마나 존대를 받는지 몰라요. 그 애가 왔단 말을 어디서 들었는지 감독이 일부러 일전에 또 찾아왔어요. 일본서 졸업하고는 기어이 자기 회사의 일을 보아 달라고 하더래요. 처음에는 월급 일천오백 냥은 쉽대요. 차차 오르면 삼 년 안에 이천오백 냥을 받는다는데

요. 다른 여자는 제일 많은 것이 칠백쉰 냥이라는데 아마 그 애는 일본까지 가서 공부한 까닭인가 보아요. 저것도 그 애가 재봉틀에 한 것입니다."

「경희」 나혜석

조는 아주 훌륭한 일을 해내겠다는 야망이 있었다. 그일이 무엇인지 아직은 알 수 없었지만, 시간이 지나면 알게 될 것이라고 생각했다. 그보다 그녀에게 가장 큰 고통을 준 것은 마음껏 책을 읽거나 달리거나 말을 탈 수 없다는 사실이었다. 급한 성격과 날카로운 말투, 그리고 가만히 있지 못하는 성격 때문에 항상 말썽에 휘말리곤 했다. 그녀의 삶은 희극적이면서도 애처로운 일련의 우여곡절로 가득했다. 하지만 마치 숙모 할머니 댁에서 한 일들은 그녀에게 꼭 필요한 훈련이었고, 끊임없이 자신을 부르는 "조지-핀!" 소리에도 불구하고 자신의 힘으로 무언가를 하고 있다는 생각은 그녀를 행복하게 만들었다.

『작은 아씨들』 루이자 메이 올컷

한편으로는 즐겁고, 바쁘고, 행복한 겨울이 빠르게 지나
갔다. 학교는 여전히 흥미로웠고, 반에서 공부하며 경쟁하
는 것에도 예전처럼 몰입할 만했다. 새로운 생각과 감정,
야망의 세계와 탐구되지 않은 신선하고 매혹적인 지식이
열정적인 앤의 눈앞에 펼쳐지는 것 같았다.

『빨간 머리 앤』 루시 모드 몽고메리

경희의 앞에는 지금 두 길이 있다. 그 길은 희미하지도 않고 또렷한 두 길이다. 한 길은 쌀이 곳간에 쌓이고 돈이 많고 귀염도 받고 사랑도 받고 밟기도 쉬운 황토요, 가기도 쉽고 찾기도 어렵지 않은 탄탄대로다. 그러나 한 길에는 제 팔이 아프도록 보리방아를 찧어야 겨우 얻어먹게 되고 종일 땀을 흘리고 남의 일을 해주어야 겨우 몇 푼 돈이라도 얻어보게 된다. 이르는 곳마다 천대뿐이요, 사랑의 맛은 꿈에도 맛보지 못할 터이다. 발부리에서 피가 흐르도록 험한 돌을 밟아야 한다. 그 길은 뚝 떨어지는 절벽도 있고 날카로운 산정도 있다. 물도 건너야 하고 언덕도 넘어야 하고 수없이 꼬부라진 길이요, 갈수록 험하고 찾기 어려운 길이다. 경희의 앞에 있는 이 두 길 중에 하나를 오늘 택해야만 하고 지금 꼭 정해야 한다. 오늘 택한 이상에는 내일 바꿀 수 없다. 지금 정한 마음이 이따가 급변할 리도 만무하다. 아아, 경희의 발은 이 두 길 중에 어느 길에 내놓아야 할까. 이것은 교사가 가르칠 것도 아니고 친구가 있어서 충고한대도 쓸데없다. 경희 제 몸이 저 갈 길을 택해야만 그것이 오래 유지할 것이고 제정신으로 한 것이라야 변경이 없을 터이다. 경희는 또 한 번 머리를 부딪고 "아이고, 어찌하면 좋은가!" 한다.

경희도 여자다. 더구나 조선 사회에서 살아온 여자다. 조선 가정의 인습에 파묻힌 여자다. 여자란 온량하고 유순해야만 쓴다는 사회의 면목이고 여자의 생명은 삼종지도•라는 가정의 교육이다. 일어서려면 압박하려는 주위요, 움직이면 사방에서 들어오는 욕이다. 다정하게 손 붙잡고 충고 주는 동무의 말은 열 사람 한입같이 "편하게 전과 같이 살다가 죽읍시다." 함이다. 경희의 눈으로는 비단옷도 보고 경희의 입으로는 약식 전골도 먹었다. 아아 경희는 어느 길을 택하여야 당연한가? 어떻게 살아야만 좋은가?

「경희」 나혜석

• 삼종지도(三從之道): 여자가 따라야 할 세 가지 도리를 이르던 말이다.

"난 아라비아 말들로 가득 찬 마구간과 책으로 가득한 방을 갖게 될 거야. 그리고 마법의 잉크로 글을 써서 내 작품들이 로리의 음악만큼 유명해지게 할 거야. 하늘나라에 가기 전에 멋진 일을 하고 싶어. 영웅적이거나 너무 놀라워서 내가 죽은 후에도 잊히지 않는 그런 일 말이야. 그게 뭔지는 아직 모르겠지만, 그 일을 찾기 위해 지켜보고 있어. 언젠가 모두를 놀라게 할 거야. 책을 쓰고 부자가 되어 유명해지는 게 나에게 잘 맞을 것 같아. 그게 바로 내가 꾸는 꿈이야."

『작은 아씨들』 루이자 메이 올컷

베시가 학교 규칙에 관해 말한 내용들(그녀가 게이츠헤드에 오기 전에 살았던 집의 젊은 여성들에게서 들은 내용들)은 다소 끔찍했지만, 그녀가 이야기한 젊은 여성들이 습득한 어떤 기술들은 나에게 매력적으로 다가왔다. 그녀는 그들이 그린 아름다운 풍경과 꽃 그림, 그들이 부를 수 있는 노래와 연주할 수 있는 곡들, 그들이 뜰 수 있는 지갑, 번역할 수 있는 프랑스어책들을 자랑했다. 그녀의 이야기를 들으면서 내 마음에는 경쟁심이 일었다. 게다가 학교에 가는 것은 완전히 새로운 변화일 것이었다. 그것은 긴 여정을 의미했고, 게이츠헤드와의 완전한 단절이자 새로운 삶으로의 입문을 뜻했다.

　"정말 학교에 가고 싶어요."

　이것이 내 생각의 결론이었다.

『제인 에어』 샬럿 브론테

조선 여자는 그림 그릴 만한 천재를 가진 자가 많이 있
다. *女流畵家 羅蕙錫 女史 汤*

같은 예술 중에도 문학이나 음악은 매우 보급이 되어야
문예잡지도 생기고 음악회도 가끔 열리나 유독 그림만 이
렇게 뒤떨어진 것은 매우 섭섭한 일이올시다. 대체로 다
른 예술도 그렇지 않은 것은 아니지만 이 그림에 대해서
는 예전부터 그림을 그리면 궁하니 그림 그리는 사람은
환장이니 하며 너무 학대와 천시를 해왔으므로 자연 여자
는커녕 남자들도 이것을 전문으로 연구하는 이가 드물었
습니다. 그러한 결과로 오늘날 와서는 조선의 고대 예술
의 첫째로 꼽히는 그림의 자조를 전할 만한 사람이 드물
게 되고 만 것이올시다. 대체 그림은 같은 예술 중에도 가
장 넓게 또는 매우 용이하게 일반 사람들에게 기쁜 느낌
과 아리따운 생각을 주는 것이라 우리 인생에게는 음악으
로 더불어 아울러 필요한 것이외다. 그러하므로 소학교에
서부터라도 유치하나마 창가唱歌와 도화圖畵는 반드시 가
르치는 것이 아니오리까.

어느 가정에든지 때로 피아노 소리가 울려 나오거나 아리따운 풍경화가 한 장이 걸려 있다 치면 그 가정의 단락하고 평화로운 소식은 반드시 그 한 곡조 울림과 한 폭 그림에서 얻어 듣고 볼 수가 있을 것입니다. 이와 같이 우리 인생에 미감을 가장 보편적으로 주며 무형한 행복을 누리게 하는 그림을 어찌하여 그다지 천시를 하였으며 시 짓는 부인이나 글씨 쓰는 여자는 더러 있어도 채색 붓을 들고 화폭을 향하여 앉는 부인은 한 사람도 없었는가? 하는 애석한 생각이 가슴에 떠돌 때가 많습니다. 그러나 조선 여자는 결코 그림을 배우지 않으려 하니까 그렇지 만일 배우고자 할진대 반드시 외국 여자의 능히 따르지 못할 특점이 있는 실례를 나는 어느 고등학교 정도의 여학교에서 도화를 교수하는 동안에 발견하였습니다. 그러할 뿐만 아니라 학생들에게 그림에 대한 재미있는 이야기나 혹은 자기가 스케치하려 나아갔을 때의 감상을 말할 때에는 일반 학생들은 매우 재미있게 듣는 것을 보았습니다. 그러하니까 아직 우리의 여러 가지 형편이 조선 여자로 하여금 그림에 대한 흥미를 줄 만한 기회와 편의를 가로막고 있어서 그렇지 만일 이 앞으로라도 일반 여자계에 그림에 대한 취미를 고취할 만한 운동이 일어나기만 하면 반드시 여류 화가가 배출할 줄로 믿습니다. 그리하여 비록 자기는 힘은 부치고 재주는 변변치 못하나 수히 단독 전람회를 열고 아무쪼록 일반 부인계에서 많이 와서 구경해주도록 해볼까 합니다.

「회화와 조선 여자」 나혜석

조는 다락방에서 매우 바빴다. 10월의 날씨는 서늘해지기 시작했고, 오후는 짧아졌다. 햇살은 두세 시간 동안 높은 창문을 통해 따스하게 비추었고, 그동안 조는 오래된 소파에 앉아 열심히 글을 쓰고 있었다. 그녀의 앞에 놓인 큰 상자 위에는 종이들이 펼쳐져 있었고, 그녀가 기르는 쥐 스크래블은 자랑스러운 수염을 가진 장성한 아들과 함께 대들보를 산책하고 있었다. 조는 자기 일에 완전히 몰두하여 마지막 장을 채울 때까지 글을 썼고, 멋지게 서명한 후 펜을 내려놓으며 외쳤다.

　"자, 최선을 다했어! 이것도 마음에 안 들면 더 잘할 수 있을 때까지 기다려야겠지."

　소파에 기대어 누운 조는 원고를 꼼꼼히 읽어보며 여기저기에 대시와 느낌표를 추가했는데 그 느낌표들은 마치 작은 풍선들처럼 보였다. 그런 다음 원고를 멋진 빨간 리본으로 묶고, 진지하고 애틋한 표정으로 잠시 그것을 바라보았다. 그 작업이 얼마나 진지했는지를 분명히 보여주는 표정이었다.

『작은 아씨들』루이자 메이 올컷

"어떻게든 만족할 수 없을까, 크리스티? 내가 일을 덜어주고 책 읽을 시간을 더 주면 어떨까?" 조용한 삶에서 유일하게 발랄한 요소를 잃고 싶지 않은 노부인이 물었다.

"아니요, 이모. 여기서는 제가 원하는 것을 찾을 수 없어요." 크리스티가 단호하게 대답했다.

"네가 원하는 게 뭐니, 얘야?"

"저 불을 보세요, 제가 설명해드릴게요."

노부인은 순순히 눈을 그쪽으로 돌렸다. 크리스티는 반은 진지하고 반은 장난스러운 어조로 말했다.

"저기 장작들이 보이세요? 구석에서 우울하게 타고 있는 장작이 지금 제 인생이에요. 저기 활활 타오르며 노래하는 장작이 제가 원하는 인생이고요."

"어머나, 참 기발한 생각이구나! 둘 다 자기 자리에 놓여서 타고 있고, 내일이면 모두 재가 될 텐데 그게 무슨 차이가 있겠니?"

크리스티는 글자 그대로 받아들이는 노부인을 보고 미소를 지었다. 하지만 그녀를 즐겁게 하는 상상을 계속 이어가며 진지하게 덧붙였다.

"결말이 같다는 건 알아요. 하지만 어떻게 재가 되는지, 어떤 인생을 사는지는 차이가 있죠. 저 장작은 한 군데만 미지근하게 타면서 빛도 열기도 내지 않아요. 하지만 다른 장작은 끝에서 끝까지 밝고 작은 불꽃들이 기분 좋은 소리와 함께 굴뚝을 타고 올라가고 있어요. 불빛은 방을 밝히고 어둠 속으로 퍼져나가요. 그 따뜻함은 우리를 더 가까이 모이게 해서, 난로 주변을 집에서 가장 아늑한 곳으로 만들고요. 불꽃이 꺼지면 모두 그 불빛을 그리워할 거예요." 그녀는 마치 혼잣말하듯 덧붙였다. "제 인생이 저 장작 같았으면 좋겠어요. 길든 짧든 살아 있는 동안 유용하고 밝게 빛나며 마지막엔 누군가가 그리워하는 인생이요. 재만 남기는 것이 아니라 무언가를 남기고 싶어요."

노부인은 소녀의 말을 반쯤만 이해했지만 그럼에도 그 말에 감동했고, 그녀는 불을 애타게 바라보는 열망에 찬 소녀의 얼굴을 걱정스럽게 쳐다보았다.

"푹푹 불어주는 풀무가 있으면 젖은 장작도 마른 장작만큼 잘 탈 거야. 아마 젊은이들에게는 만족이 최고의 풀무일 테지. 그들이 그렇게 생각만 한다면 말이다."

"이모 말씀이 맞을지도 몰라요. 하지만 저는 스스로 해

보고 싶어요. 만약 실패한다면 다시 돌아와서 이모 말씀을 따를게요. 젊은이들은 항상 불만족스러운 시기를 겪잖아요. 이모도 어렸을 때 그러셨죠?"

"아마 그랬을 거다. 하지만 에노스가 나타나고 나서는 그걸 다 잊어버렸지."

"아직 저의 에노스는 나타나지 않았고, 아마 영원히 나타나지 않을 수도 있어요. 그러니 저는 어떤 남자가 저를 독립시켜주기를 앉아서 기다리지는 않을 거예요. 제가 직접 그것을 얻을 수 있다면요."

『일: 경험의 이야기』 루이자 메이 올컷

"나는 가겠다."

"어디로?"

"서양으로."

"서양 어디로?"

"파리로."

"무엇하러?"

"공부하러."

"다 늙어 공부가 무어야?"

"젊어서는 놀고 늙어서는 공부하는 것이야."

"그렇기는 그래. 머리가 허연 노대가의 작품이야말로 값이 있으니까. 그러나 꿈적거리기 귀찮지도 않은가?"

"어지간히 짐도 꾸려보았네만 아직도 짐만 싸면 신이 나."

"아무데서나 살지. 다 늙어서."

"사는 것은 몸으로 사는 것이 아니라 마음으로 사는 것이야."

"몸이 늙으면 마음도 늙지."

"아니지, 몸이 늙어갈수록 마음은 젊어가는 것이야. 오스카 와일드의 시에도 "몸이 늙어가는 것이 슬픈 것이 아니라 마음이 젊어가는 것이 슬프다."라고 했어. 서양 사람은 나이 관념이 없어서 언제까지든 젊은 기분으로 살 수 있고 동양 사람은 늘 나이를 생각하기 때문에 쉬이 늙어."

"그러나 몸이 늙어 쇠퇴해지면 마음에 기분에 기운이 없는 것은 사실이오. 팔팔한 젊은 기분을 볼 때는 꿈속 같은 걸 어찌하나?"

"그야 그렇지만, 한갓 마음 가지기에 달린 것이야. 다만 걱정거리는 나이 먹고 늙어갈수록 생각만 늘어가고 기운이 주는 것이야."

"글쎄. 내 말이 그 말이야. 그러니까 말이야. 친구도 나이 사십에 이리저리 헤매지 말고 서울에서 그대로 기초를 잡으란 말이야."

"나는 싫어. 내 과거와 현재와 미래를 다 알고 있는 조선이 싫어. 조선 사람이 싫어."

"홍, 그거는 모르는 말일세. 친구가 조선을 떠난다면 그 과거, 현재, 미래가 아니 따라갈 줄 아나?"

"글쎄. 과거야 어디까지 쫓아 다니겠지만 현재와 미래만은 환경으로 변할 수가 있을 테니까."

"그렇지만 암만 환경을 바꾸더라도 그 과거가 늘 침입

해 고쳐놓은 환경을 흐려놓는 것을 어찌하나? 그러기에 한번 과거를 가진 사람은 좀처럼 뿌리를 빼지 못하는 것이야."

"암, 뿌리야 빠질 수 없는 일이지만 개척하는 데에 따라 환경으로 과거는 정복할 수 있는 것이지."

"그러자니 그 상처가 아물려면 비애가 오죽한가?"

"그건 각오만 하면 참을 수 있는 것이야. 어렵기야 어렵지."

"그만큼 마음이 단단하다면 나는 안심하네. 해보고 싶은 대로 해보게."

강한 체하고 친구의 허락까지 받았으나 친구가 무책임하게 돌아설 때 내 가슴속은 다시 공허로 채워졌다. 이혼 사건 이후 나는 조선에 있지 못할 사람으로 자타 간에 공인하는 바였고 사오 년간 있는 동안에도 실상 고통스러웠다. 첫째로, 사회상으로 배척을 받을 뿐 아니라 나의 이력이 고급인 관계상 그림을 팔아먹기 어렵고 취직하기 어려워 생활 안정이 잡히지 못했다. 둘째로, 형제 친척이 가까이 있어 나를 보기 싫어하고 불쌍히 여기고 애처로이 생각하는 것이오. 셋째로, 친우나 지인들이 내 행동을 유심히 보고 내 태도를 여겨보는 것이다. 아니다. 이 모든 조건

쯤이야. 내가 먼저 있기만 하면 이겨낼 수 있는 것이다. 이보다 내 살을 에는 듯 내 뼈를 긁어내는 듯한 고통이 있었으니, 그것은 종종 우편배달부가 전해주는 딸 아들의 편지다. "어머니, 보고 싶어." 하는 말이다. 환경이란 우습고 무서운 것이다. 환경이 달라지는 동시에 과거의 공적은 없어지고 과거의 사실만 무겁게 처져 있다. 그러므로 나는 이 따라다니는 과거를 껴안고 공空에서 생生의 목록을 시작하지 않을 수 없게 되었다.

「신생활에 들면서」 나혜석

"모두 이야기해줘."

"언제 왔어?"

"얼마나 받았어?"

"아버지는 뭐라고 하실까?"

"로리가 웃지 않을까?"

가족들은 조에게 몰려들며 동시에 물었다. 이들은 집안의 작은 기쁨마다 축제를 벌이는 순진하고도 사랑스러운 사람들이었다.

"떠들지 말고, 다 이야기해줄게." 조는 『에블리나』로 유명해진 버니 양이 그녀의 「경쟁하는 화가들」보다 더 즐거워했을지 궁금해하며 말했다. 어떻게 소설을 썼는지 말한 후, 조는 덧붙였다.

"답변을 받으러 갔을 때, 그 남자가 두 이야기 모두 좋아한다고 했지만 신인에게는 돈을 주지 않고 그냥 글을 실어주기만 한다고 했어. 좋은 연습이 될 거라고 말이야. 초보자들이 실력이 늘면 누구나 돈을 줄 거라고 했어. 그래서 두 소설을 그에게 주고 나왔는데 오늘 이 신문을 받은 거야. 로리가 신문을 붙잡고는 보여달라고 난리여서 보여

줬지. 로리는 글이 좋다면서 계속 쓰라고 했어. 다음 작품은 자기가 원고료를 내겠다면서 말이야. 나는 정말 행복해. 시간이 지나면 내가 내 힘으로 우리 자매들을 도울 수 있을지도 몰라."

조는 숨이 차서 말을 멈췄다. 그녀는 신문에 머리를 감싸고 자연스레 나오는 눈물로 짧은 소설을 적셨다. 혼자 힘으로 살아가며 사랑하는 사람들의 칭찬을 받는 것이 그녀의 가장 큰 소원이었고, 이것이 그 행복한 결말을 향한 첫걸음처럼 보였다.

『작은 아씨들』루이자 메이 올컷

나는 이른 아침에 그곳으로 가서 마차를 탈 예정이었다. 나는 검은 여행용 드레스를 정리하고 보닛과 장갑, 머프를 준비했다. 모든 서랍을 뒤져서 남겨두고 가는 물건이 없는지 확인했다. 이제 더 할 일이 없어서 앉아 쉬려고 했지만 쉬지 못했다. 하루 종일 걸어 다녔음에도 불구하고 한순간도 쉴 수가 없었다. 나는 너무나도 흥분되어 있었다. 내 인생의 한 시기가 오늘 밤 끝나고, 내일 새로운 시기가 시작될 예정이었다. 그사이에 잠들기란 불가능했다. 변화가 이루어지는 동안에 나는 흥분한 채 깨어 있어야 했다.

『제인 에어』 샬럿 브론테

"천재란 곧 끝없이 인내하는 사람이다."라고 미켈란젤로가 단언했다면, 에이미는 분명 그 신성한 속성을 어느 정도 가지고 있었다. 모든 장애물과 실패, 그리고 좌절에도 불구하고 그녀는 끈질기게 노력하며 언젠가는 '순수 예술'이라 불릴 만한 무언가를 해낼 것이라고 굳게 믿었다.

『작은 아씨들』루이자 메이 올컷

말해줘 말해줘 웃는 아이야
너에게 과거는 어떤 모습이니?
슬프게 한숨짓는 바람이 불어오는
부드럽고 온화한 가을 저녁

말해줘 지금은 어떤 모습이니?
초록의 꽃이 만발한 나뭇가지
어린 새가 힘을 모으고 앉아
하늘로 날아오르기 위해 준비하네

미래의 행복은 어떤 모습이니?
구름 한 점 없는 태양 아래의 바다
위대하고 찬란하며 눈부신 바다는
무한히 펼쳐져 있네

'말해줘 말해줘' 에밀리 브론테

나는 어떤 사람이 될까

　그렇게 쾌활하고 명랑하던 내가 소금에 푹 절인 사람이
되고 말았다. 얼이 빠지고 어릿어릿하고 기운이 없고 탄
력이 없다. 나이 사십이라 그럴 때도 됐지만 그래도 심한
상처만 안 받았더라면 그렇게 쉽사리 늙을 내가 아니다.
그러나 이런 여자가 되고 싶다는 이상만은 언제까지든지
계속하고 있다.

　남이 이성으로 대할 때 나는 감각으로 대하자. 남이 정
의로 대할 때 나는 우아로 대하자. 남이 용기로 대할 때 나
는 응양鷹揚의 마음으로 남을 대하자.
　나는 금욕 생활을 계속하자. 심령의 통일과 건강 보존으
로 그것은 나의 성질이 냉혹한 까닭이 아니라 오히려 정
열적인 까닭이다. 나는 언뜻 엄격하게 보이나 그것은 내
가 냉정한 까닭이 아니라 가슴에 피가 지글지글 끓는 까
닭이다. 나는 영적인 동시에 육감적이 되고 싶다. 자존심
이 강한 동시에 진실하고 싶다. 나는 남의 큰 사랑을 요구

한다. 아니 도리어 큰 사랑을 남에게 주려고 한다. 나는 스스로 향락하고 남에게 주는 행복은 풍부하고 심후深厚하고 영속적임에 틀림없을 것이다. 나는 남의 연인인 동시에 연인 그대로의 모母가 될 것이다. 즉 인생의 행복을 창시해놓는 것이 나의 일종의 종교적 노력일 것이다. 동시에 상대방에게 심오한 책임 관념과 명확한 판단을 할 것이다. 나는 언제까지든지 젊은 기분으로 모든 사물을 매력 있게 만들 것이다. 그것은 항상 내 생존을 미화하는 까닭이오. 자기의 하는 모든 일이 내 전체로 아는 까닭에 희열을 느끼는 감이 생긴다.

나는 영혼의 매력이 깊은 것을 알았고 따라서 자기자신의 인격적 우아로 색채가 풍부한 신생활을 창조해낼 것이다. 사람 앞에 나갈지라도 형식과 습관과 속박을 버리고 존귀함으로써 공적 생활에 대할 것이다. 나는 남보다 말이 적을 것이다. 그러나 그 침묵과 미소는 말을 많이 하는 것보다 오히려 웅변일 것이지, 아무리 외향은 흐르는 냇물과 같더라도 그 밑은 견고한 리듬으로 통일이 있을 것이다.

행복으로 빛날 때든지 치명을 받을 때든지 안정하든지 번민하든지 냉혹하든지 정열 있든지 기쁘든지 울든지 어

떤 환경에 있든지 나는 다수의 여자인 동시에 한 명의 여
자일 것이다.

「신생활에 들면서」 나혜석

나는 다시 손필드 저택에 들어가기가 싫었다. 그 문턱을 넘는 것은 침체된 생활로 돌아가는 것이었다. 조용한 복도를 지나고 어두운 계단을 올라 나의 외로운 작은 방을 찾고, 조용한 페어팩스 부인을 만나고 오직 그녀와 함께 길고 긴 겨울밤을 보내는 것은, 산책으로 깨어난 희미한 흥분을 완전히 억누르며 다시 나의 능력 위에 보이지 않는 균일하고 너무도 고요한 삶의 족쇄를 씌우는 것이었다. 안전함과 안락함의 특권마저도 더 이상 감사할 수 없는 그런 삶이었다. 불확실한 투쟁 같은 삶의 폭풍에 휩쓸리며 거칠고 쓰라린 경험에 의해 내가 지금 불평하는 고요함을 갈망하도록 배웠다면 그 당시 내게 얼마나 좋았을까! 그렇다. 마치 '너무 편안한 의자'에 앉아 있는 것에 지친 사람에게는 긴 산책이 좋은 것처럼, 내 상황에서 움직이고 싶은 소망은 그 경우와 마찬가지로 자연스러운 것이었다.

『제인 에어』 샬럿 브론테

6주는 마냥 기다리기에는 긴 시간이었고 소녀가 비밀을 지키기에는 더 긴 시간이었지만, 조는 둘 다 해냈다. 자신의 원고를 다시는 볼 수 없을 것 같다고 거의 모든 희망을 포기하려던 참에 편지가 도착했고 조는 숨이 멎을 듯했다. 편지를 열자 100달러짜리 수표가 그녀의 무릎 위로 떨어졌다. 그녀는 그것이 뱀이라도 되는 듯이 잠깐 바라보다가, 편지를 읽고 울기 시작했다. 그 친절한 쪽지를 쓴 친절한 신사 한 사람에게 얼마나 큰 행복을 주고 있는지 알았더라면, 시간을 내서라도 찾아와 그 행복을 함께 누렸을 것이다. 조는 돈보다 그 편지를 더 소중히 여겼다. 그 편지가 그녀에게 격려가 되었기 때문이다. 수년간의 노력 끝에 쓴 통속소설이었지만 자신이 뭔가를 배웠음을 알게 된 것은 너무나도 기쁜 일이었다.

『작은 아씨들』 루이자 메이 올컷

이 운명들을 피할 방법은 단 하나뿐이었다. 이 좁은 삶에서 벗어나 세상으로 나가서 자신이 무엇을 할 수 있는지 알아보는 것이었다. 이 생각은 열망에 찬 소녀에게 마법 같은 매력으로 느껴졌고, 많은 진지한 고민 끝에 그녀는 그것을 시도하기로 결심했다.

　"실패하면 돌아오면 돼." 그녀는 자신에게 말했다. 비록 실패에 대한 생각을 경멸했지만, 그녀는 수줍어도 자존심이 강하고 용감하며 열정적이었다. 그녀는 장밋빛 꿈을 꾸었다.

　"나는 조와 결혼하지 않을 거야. 여자에게 주는 적은 돈 때문에 작은 학교에서 내 몸을 망치지 않을 거야. 내가 원하지 않는 이곳에서 허덕이며 살지 않을 거야. 그리고 삶이 지루하고 힘들다고 해서 겁쟁이처럼 내 인생을 끝내지 않을 거야. 엄마가 그랬던 것처럼 내 운을 시험해볼 거야. 어쩌면 나도 엄마처럼 성공할 수 있을지도 몰라."

『일: 경험의 이야기』 루이자 메이 올컷

살이 포근포근하고

빛은 윤택하고

머리가 까맣고

눈이 말뚱말뚱하고

귀가 빠르고

언어가 명랑하고

태도가 날씬하고

행동이 겸사하여

참새와도 같고

제비와도 같고

앵무와도 같고

공작과도 같다

나이 먹으면

주름살이 잡히고

빛깔이 검어지고

머리가 희여지고

귀가 어둡고

눈이 흐려지고

말이 아둔해지고

몸이 늘씬해지고

행동이 느려져

기린과도 같고

곰과도 같고

물소와도 같다

이리하여

살 날이 많던

청춘은 가고

죽을 날이 가까운

노경에 이른다

이 어찌

청춘 감을

아끼지 않으랴

그러나 나는

장차 올 청춘이었던들

아꼈을는지 모르나

이미 간 청춘을

아끼지 않나니

청춘은

들떴었고

앝았었고

얇았었고

짧았던 것이오

나이 먹고 보니

침착해지고

깊고

두텁고

길다

청춘을

헛되이 보내었던들

아끼지 않을 바 아니나

빈틈없이 이용한 청춘을

아낄 무엇이 있으며

지난 청춘을

아껴 무엇하리오

장차 올 노경이나

잘 맞으려 하노라

'아껴 무엇하리 청춘을' 나혜석

조는 가족회의에서 계획을 말했고 가족들은 동의했다. 커크 부인은 기꺼이 조를 받아주었고, 조에게 쾌적한 환경을 만들어주겠다고 약속했다. 가정교사 일로 생계를 유지할 수 있고 여가 시간에는 글을 써서 수익을 낼 수도 있을 것이다. 새로운 환경과 사회는 유익하고 즐거울 것이다. 조는 그 예상이 마음에 들어 빨리 떠나고 싶었다. 집이라는 둥지가 그녀의 불안한 성격과 모험심에 비해 점점 좁아지고 있었기 때문이다.

『작은 아씨들』 루이자 메이 올컷

"선생님."

"응."

"저는 공부를 더 하고 싶어요."

"돈 있어?"

"고학이라도 해서."

"그렇게 맘대로 되나."

"아이고, 죽었으면."

"죽는 것은 남하고 의논하는 것이 아니야."

"아이고, 선생님."

영애 눈에는 다시 눈물이 글썽글썽한다.

"어머니가 학비 주실 능력이 없으신가?"

"없어요!"

"다른 친척 중에는 학비 줄 만한 사람이 없나?"

"없어요!"

"재주를 보면 아까운데."

"누가 좀 대주었으면. 졸업하고 벌어 갚게."

"벌어 갚을지 못 갚을지 그건 모를 말이고. 누가 그런 고마운 사람이 있나."

"선생님, 그럴 사람이 없을까요?"

"나라도 돈이 있으면 대주겠구먼. 돈이 있어야지."

"부자 사람들 돈 좀 나 좀 주지."

"공부를 하면 무엇을 전문하겠어?"

"문학이에요."

"문학? 좋지."

"어렵지요."

"어렵기야 어렵지만 잘만 하면 좋지. 영애는 독서를 많이 해서 문학을 하면 좋을 터이야. 사람은 개인적으로 사는 동시에 사회적으로 사는 것이 사는 맛이 있으니까. 좋은 창작을 발표하여 사회적으로 결과를 이루어내는 사람이 된다면 더 기쁜 것이 없는 것이야."

「어머니와 딸」 나혜석

저는 이렇게 새해를 아주 행복하게 보냈답니다. 방에서 곰곰이 생각해보니, 많은 실패에도 불구하고 제가 조금씩 나아지고 있다는 느낌이 들었어요. 이제는 항상 즐겁게 열심히 일하면서 예전보다 다른 사람들에게 더 많은 관심을 가지게 되었거든요. 참 만족스러워요. 모두에게 축복이 있기를!

사랑을 담아,

조

『작은 아씨들』 루이자 메이 올컷

나혜석 여사는 이렇게 말했다. "저는 경우만 허락하면 그림 공부로 다시 한번 파리로 가려고 합니다. 요전번에 그곳에 갔을 때는 약 육 개월 동안 있었는데 파리의 유명한 화가 빗세이 씨의 화실을 다니며 무엇을 좀 알려고 애를 썼지만 잘 알려지지 않던 것이 정작 귀국하여 보니 이것저것 활연히 깨닫게 되는 바 있어, 이제야 정말 양화(洋畵)에 눈이 떠지는 듯합니다. 그래서 옛날에는 헛일을 한 듯해요. 즉 헛그림을 그린 듯 후회합니다.

　요즘은 친구의 방을 빌려가지고 전람회에 출품할 풍경화를 그리고 있는데 아침 열 시부터 오후 네 시까지 그 화실에 꼭 들어박혀 있습니다. 아마 이 주일이나 걸려야 완성될 듯한데 예전 봉천의 풍물을 그린 '천후궁' 이후에 처음 애쓰는 작품으로 나는 믿습니다마는 어떨는지요….

　나의 여학생 시대는 벌써 십 년 전으로 지금은 열 살 먹은 아들을 머리로 어린애들 넷을 가진 늙은이랍니다. 세월은 참 빠르지요."

「끽연실」 나혜석

"내가 운명을 찾아 나선 지 거의 20년이 지났다. 오랜 탐색 끝에 마침내 그것을 찾은 것 같다. 나는 쓸모 있고 행복한 여자가 되기를 바랐을 뿐인데, 내 소원은 이루어져 있었다. 내가 나를 쓸모 있다고 믿고, 내가 행복하다는 것을 알기 때문이다."

『일: 경험의 이야기』루이자 메이 올컷

작가 및 작품 소개

김명순 金明淳 ─────────────

1896.01.20.~1951.06.22. 평안남도 평양에서 태어났다. 1917년 잡지 「청춘靑春」의 현상 소설에 단편소설 「의심의 소녀」가 당선되며 우리나라 최초로 여성이 공식적으로 등단했다. 대표적인 작품으로는 단편소설 「칠면조」(1921) 「탄실이와 주영이」(1924) 「나는 사랑한다」(1926) 등이 있다. 1925년 시집 『생명의 과실』을 출간하며 주목을 받았다.

우리나라 최초의 여성 소설가로서 여성해방을 이야기하는 선구자였다. 여자주인공의 내면 심리를 섬세하게 그려낸 작품을 많이 남겼다. 1925년 시집을 출간한 이후 일본 도쿄로 갔지만, 작품도 쓰지 못하고 가난에 시달리다 55세에 사망했다. 그녀의 죽음에 관해서는 정확하게 알려진 내용이 없다.

○'유리관 속에서': 1924년 「조선일보」에 실린 시로, 김명순의 당시 상황을 잘 나타낸 시라고 할 수 있다. 김명순은 우리나라에 처음으로 에드거 앨런 포의 작품을 번역·소개

했으며 여성 최초로 공식적으로 등단하는 등 활발하게 활동했다. 하지만 주변 남성 문인들은 그를 부도덕한 여성이라고 비난하고 비판하여 여러 수모를 겪었다고 한다. 이런 상황에서 마치 유리관 속에 갇힌 듯 답답한 자신의 심정을 드러낸 작품이다.

○ '언니 오시는 길에', '언니의 생각': '언니 오시는 길에'는 1925년 「조선문단」 제8호에 실렸고, '언니의 생각'은 1926년 출간된 『조선시인전집』에 수록되었다. 김명순은 시와 소설 등 다양한 형태의 작품을 통해 새로운 모습의 여성 인물들을 다루었으며, 특히 '언니'라는 호칭도 자주 등장함을 볼 수 있다.

○ 「나는 사랑한다」: 1926년 「동아일보」에 연재된 단편소설이다. 주인공 '영옥'은 7년 전 사랑했던 '종일'을 다시 만나게 되지만, 두 사람 모두 다른 사람과 결혼한 상태다. 영옥과 종일은 결국 사랑 없는 결혼에서 벗어나기 위해 불을 지른 뒤 "나는 사랑한다."라고 외치며 함께 죽음을 맞는다. 김명순은 1920년대 극심한 가부장 사회에서 자유연애와 여성해방을 주장했던 신여성이었으며, 작품에서도 그러한 가치관을 엿볼 수 있다.

나혜석 羅蕙錫

1896.04.28.~1948.12.10. 경기도 수원에서 태어났다. 1914년 잡지 「학지광」에 수필 「이상적 부인」을 발표하며 작가 활동을 시작했다. 대표작으로는 단편소설 「경희」와 수필 「이혼 고백서」 등이 있다.

나혜석은 일본 유학 당시 읽은 여성잡지를 통해 여성 계몽에 관심을 가지게 되었고, 이후 성평등과 여성의 권리 등을 이야기하고 당시 사회의 문제점을 비판하는 글들을 투고하며 다양한 사회운동을 전개했다. 대한민국의 1대 페미니스트로 불린다. 말년에는 대인기피증과 우울증에 시달렸으며 파킨슨병과 중풍을 앓다 52세에 사망했다.

○「이상적 부인」: 1914년 잡지 「학지광」에 발표한 글이다. 나 혜석이 일본 유학 중 발표한 최초의 글로 알려져 있다. 나 혜석은 이 글을 통해 '이상적 부인'에 대해 당시의 사회상과 는 전혀 다른 주장을 펼치며 자유로운 여성이 되기 위해 어 떻게 해야 하는지 이야기한다.

○「경희」: 1918년 잡지 「여자계」에 발표한 단편소설이며 자

전적 소설로, 일본으로 유학을 다녀왔으며 가부장적인 결혼 제도를 거부한 신여성 '경희'의 이야기다. 나혜석은 이 작품을 통해 여성이자 인간으로서 능동적으로 사는 삶에 대해 이야기한다.

○「회생한 손녀에게」: 1918년 잡지 「여자계」에 발표한 단편 소설이다. 주인공인 '나'는 세 살에 어머니를 잃고 할머니 손에 길러졌다가 지금은 할머니와 멀리 떨어져 사는 '너'를 마치 친손녀처럼 보살핀다. "외로운 너를 내 손녀로 귀애하고 아껴주려 한다."라고 말하며 병을 앓다 나은 너를 보고 기뻐하는 장면이 인상적이다.

○'노라': 1921년 신문 「매일신보」에 발표한 시이자 노래 가사다. 제목은 노르웨이의 극작가 헨리크 입센의 희곡 『인형의 집A Doll's House』의 주인공인 '노라'에서 따왔다. 어떤 호칭으로 불리기 전에 첫째로 사람이 되겠다고 말하는 시구에서 여성의 자유에 대한 나혜석의 관점이 잘 드러난다.

○「회화와 조선 여자」: 1921년 신문 「동아일보」에 발표한 글이다. 나혜석은 작가인 동시에 화가로서 서양화를 그리며 당시 개인전을 열 정도로 활발하게 활동했다. 여성 인권뿐아니라 예술과 예술인에 대한 조선 사회의 인식을 바꾸기위해 노력했음을 알 수 있다.

○「끽연실」: 1930년 잡지 「삼천리」에 실린 인터뷰다. 이 짧은 글에서 나혜석은 10여 년 전 유학 시절을 떠올리며 다시 유학을 가 그림 공부를 하고 싶다는 소망을 이야기한다. 결혼하고 자녀를 낳은 후에도 계속해서 자신의 미래를 그리는 여성의 모습을 드러낸다.

○「베를린에서 런던까지」: 1933년 잡지 「삼천리」에 발표한 에세이다. 나혜석은 1927년 한국 여성 최초로 세계여행을 했다고 알려졌는데, 이 작품은 그중 독일의 베를린과 영국의 런던을 여행하며 느낀 단상을 모은 글이다. 사람, 건물, 공원, 예술 등 다양한 것들에 관심을 가졌음을 알 수 있다.

○「신생활에 들면서」: 1935년 잡지 「삼천리」에 발표한 에세이다. 1930년 김우영과 이혼 후 자신의 이야기를 담았으며, 자신의 삶을 돌아보고 앞으로 무엇을 하며 어떻게 살 것인지를 고민하는 주체적이고 의지 있는 여성의 모습을 나타낸다.

○'아껴 무엇하리 청춘을': 1935년 잡지 「삼천리」에 발표한 시다. 나이가 든 화자가 젊은 날의 모습을 떠올리는 모습을 그렸다. "청춘은 들떴었고 얕았었고 얇았었고 짧았던 것이오"라고 지난날을 회상하면서 나이가 든 앞으로의 삶도 잘 살아내겠다는 의지가 담겨 있다.

○「어머니와 딸」: 1937년에 잡지 「삼천리」에 발표한 단편소설이다. 작가인 '김 선생'이 글을 쓰기 위해 묵고 있는 여관의 주인과 그녀의 딸에 관한 이야기다. 당시 조선에서 공부하고 글을 쓰는 여성을 바라보는 시선을 각기 다른 인물을 통해 그려냈다.

○'외로움과 싸우다 객사하다': 나혜석이 말년에 쓴 시로 추정된다. 조선 여성 최초의 서양화가, 조선 여성 최초로 세계 일주를 한 사람, 대한민국 1대 페미니스트 등 현재 나혜석은 대단한 수식어를 가졌지만, 그가 활동하던 당시에는 많은 비난을 받기도 했다. 다양한 일을 겪으며 '부도덕한 신여성'이라는 조롱을 듣고 가족에게도 외면당했다고 알려진다. 그런 상황을 담은 듯 "사회제도와 잘못된 도덕과 법률과 인습을 원망하라"며 "죽으러 가자"는 시구가 인상적이다.

강경애 姜敬愛 ─────────

1906.04.20.~1943.04.26. 황해도 송화에서 태어났다. 강경애는 하층민의 입장을 자세히 나타내는 글을 썼고, 사회의식을 바탕으로 민족·민중·여성의 해방을 동시에 추구했다. 1931년 잡지 「혜성彗星」에 장편소설 『어머니와 딸』을 발표하며 등단했다. 대표작으로 『인간문제』가 있다.

만주에 있는 문학동인으로 이루어진 '북향'에 참여했고, 「조선일보」 간도지국장을 맡기도 했다. 1939~1942년에 건강이 악화되어 귀국한 후, 창작 활동을 중단한 채 지내다가 37세에 사망했다.

○「조선 여성들의 밟을 길」: 1930년 신문 「조선일보」에 발표한 수필이다. 강경애는 이 작품을 통해 가난한 여성으로 살며 스스로 경험하고 깨우친 '여성의 길'에 대해 이야기한다. 혼란한 조선의 상황을 언급하며 이런 상황 가운데 조선 여성의 할 일과 사명이 무엇인지 묻는다. 그리고 여성들에게 한글을 배우고 책을 읽을 것을 강조한다.

○'오빠의 편지 회답': 1931년에 발표한 시다. 이 시에서 화자

는 잡혀간 오빠의 편지에 답한다. 오빠가 잡혀간 이후에는 쌀독을 긁으며 울던 어린 누이였지만 이제는 공장에서 고무신을 만들며 굳세고 튼튼한 팔뚝을 가졌다고 썼다. 이 짧은 시를 통해 주체적이고 능동적으로 성장하는 여성의 모습을 잘 드러난다.

○「원고료 이백원」: 1935년 잡지 「신가정」에 발표된 단편소설이다. 주인공 '나'가 후배 'K'에게 쓴 편지 형식이며 주인공이 신문 연재의 원고료로 받은 200원 때문에 남편과 갈등을 겪고 해결하는 과정을 담았다. 강경애는 이 작품을 통해 여성 지식인의 고민과 성찰의 과정을 묘사했다.

지하련 池河連 ──────────

1912.07.11.~미상. 경상남도 거창에서 태어났다. 평론가 백철이 1940년 잡지 「문장」에 지하련의 단편소설 「결별」을 추천하며 등단해 광복 전후로 활동했다. 인간의 심리를 섬세하게 포착한 글을 썼으며, 대표적인 작품으로는 단편소설 「결별」(1940) 「가을」(1941) 「산길」(1942) 「광나루」(1947) 등이 있다.

광복 직후 남편 임화와 함께 '조선문학가동맹'에 가담했고 임화와 함께 월북했다. 임화는 1953년 8월 미국의 스파이라는 누명을 쓰고 북한 당국에 의해 처형됐으며 그 후 지하련의 행적에 관해서는 정확하게 알려진 내용이 없다.

○ 「광나루」: 1947년 잡지 「조선춘추」에 발표된 단편소설이다. 주인공 '나'는 작년 겨울 'K부인'과 'P부인'을 알게 된다. 어느 날 서울에서 살다 견디지 못하고 광나루로 이사한 P부인을 만나러 가고, P부인의 집에 도착한 나는 뜻밖의 장면에 놀라며 복잡한 감정을 느낀다.

에밀리 디킨슨 Emily Dickinson ─────────

1830.12.10.~1886.05.15. 미국 매사추세츠에서 태어났다. 에밀리 디킨슨의 시는 당시 인기를 끌던 시와는 다르다는 이유로 생전에는 사람들의 주목을 받지 못했다. 사후 동생인 러비니아 디킨슨이 그의 시를 모아 시집을 출간했고, 1920년대에 이르러서야 대중에게 인정받기 시작했다. 대표적인 시로는 '만약 내가If I Can' '사랑이 전부라는 것That Love Is All There Is' 등이 있으며 이외에도 1,800편에 달하는 시를 썼다. 시의 주된 소재는 여성적 자아, 삶과 죽음, 천국과 영혼 등이며, 제목이 없는 것이 특징이다(이 책에서는 구분을 위해 첫 행을 제목으로 넣었다). 개인주의자였던 에밀리 디킨슨은 외출을 거의 하지 않고 집에서 은둔 생활을 했다고 전해지며, 당대 지식인들과 편지를 주고받으며 세상과 교류했다. 1884년 연인이었던 오티스 로드 판사가 사망한 후 건강이 악화되었고, 2년 후인 1886년 56세에 사망했다.

○'만약 내가', '사랑이 전부라는 것': 에밀리 디킨슨은 생전 익

명으로 단 7편의 시만 출간했다. 그가 사망한 후 동생에 의해 시가 발견되었고 그 시들을 묶어 1890년, 1891년 그리고 1896년 세 차례에 걸쳐 출간했다. '만약 내가'와 '사랑이 전부라는 것'도 에밀리 디킨슨의 사후에 알려졌다. 그의 작품을 통해 삶과 자아에 관한 깊은 탐색을 느낄 수 있다.

루이자 메이 올컷 Louisa May Alcott

1832.11.29.~1888.03.06. 미국 펜실베이니아에서 태어났다. 여러 잡지와 신문에 글을 기고하던 중 1863년 발표한 장편소설 『병원 스케치Hospital Sketches』가 주목을 받았고 이후 대표작인 『작은 아씨들Little Women』로 큰 인기를 얻었다. 이외에도 30여 편의 소설을 썼다. 그는 성장하면서 노예제 폐지론자이자 여성주의자가 되었으며 이러한 주제들은 작품에서도 쉽게 찾아볼 수 있다. 1888년 뇌졸중으로 쓰러진 후 56세에 사망했다.

○『작은 아씨들』: 1868년 1권, 1869년 2권이 출간되었으며 1880년 단권으로 출간되기도 한 장편소설이다. 마치 집안의 네 자매 이야기로 특히 당시의 여성상을 거부하는 명랑하고 솔직한 주인공 '조'가 많은 사랑을 받았다. 사랑과 결혼, 우정과 가족, 여성의 삶과 성장에 대해 다룬다. 여러 차례 영상화되었으며 가장 최근 영상화된 작품은 그레타 거윅 감독의 '작은 아씨들'(2019)이다.

○『일: 경험의 이야기Work: A Story of Experience』: 1873년 출

간된 장편소설이다(현재 한국에 번역된 책은 없다). 주인공 '크리스티'는 자신을 길러주던 삼촌의 집에서 나와 자신의 힘으로 일을 하며 주체적인 여성으로 성장한다. 여성과 노동의 의미를 다시금 생각하게 만드는 작품이다.

이디스 워튼 Edith Wharton ——————————————

1862.01.24.~1937.08.11. 미국 뉴욕에서 태어났다. 시와 단편소설을 여러 잡지에 기고하다가 장편소설 『기쁨의 집The House of Mirth』(1905)을 발표하며 베스트셀러 작가가 됐다. 대표적인 작품으로는 장편소설 『이선프롬Ethan Frome』(1911) 『여름Summer』(1917) 『순수의 시대The Age of Innocence』(1920) 등이 있으며, 『순수의 시대』를 통해 여성 최초로 풀리처상을 수상했다. 등단 이후 약 40년 동안 40여 권의 책을 출간했다. 1937년 75세에 심장마비로 사망했다.

○『여름』: 1917년 출간된 장편소설로 여성 문학의 걸작으로 평가된다. 주인공 '채리티'의 정체성과 성장, 사랑과 결혼을 다룬 내용으로, 특히 여성의 성적 열망을 내세웠다는 점에서 출간 당시 많은 사람에게 큰 충격을 안겼다. 채리티의 내면의 성장을 섬세한 문장으로 표현해 인상적인 작품이다.

제인 오스틴 Jane Austen ──────────

1775.12.16.~1817.07.18. 영국 햄프셔에서 태어났다. 1795년에는 『이성과 감성Sense And Sensibility』의 바탕이 되는 『엘리너와 메리앤Elinor And Marianne』을, 1796년에는 『오만과 편견Pride and Prejudice』의 바탕이 되는 『첫인상 First Impressions』을 완성했다. 대표적인 작품으로는 『오만과 편견』(1813) 『맨스필드 파크Mansfield Park』(1814) 등이 있다. 집필 활동에 전념하던 중 건강이 악화되어 집필을 중단했으며 1817년 42세에 사망했다.

○『오만과 편견』: 1813년 출간된 장편소설이다. 베넷 집안의 다섯 자매 제인, 엘리자베스, 메리, 캐서린, 리디아의 이야기로 둘째 '엘리자베스'의 서사가 주를 이룬다. 사랑과 결혼, 가족, 여성의 삶과 성장에 대해 다룬다. 출간한 지 200여 년이 지난 지금도 여전히 전 세계적으로 큰 사랑을 받고 있는 작품이다. 여러 차례 영상화되었으며 대표적인 작품은 키이라 나이틀리가 주인공 엘리자베스 역을 맡은 조 라이트 감독의 〈오만과 편견〉(2006)이다.

샬럿 브론테 Charlotte Bronte ──────────

1816.04.21.~1855.03.31. 영국 요크셔에서 태어났다. 1846년 두 동생 에밀리 브론테, 앤 브론테와 함께 시집을 자비로 출판했고, 장편소설 『교수The Professor』를 출간하고자 했지만 거절당했다. 이후 1847년 『제인 에어Jane Eyre』가 출간되자마자 큰 인기를 얻었다. 이외에 대표적인 작품으로 『셜리Shirlye』(1849) 『빌레트Villette』(1853) 등이 있다. 1855년 39세에 사망했다.

○ 『제인 에어』: 1847년 출간된 장편소설이다. 주인공 '제인'이 아기 때 부모님이 돌아가시고 삼촌에게 맡겨지지만, 친척들로부터 학대를 당하며 자란다. 이후 기숙학교에서 공부하고 교사로도 일한다. 새로운 삶을 찾아 손필드의 한 저택에서 가정교사로 일하며 주인인 로체스터와 사랑에 빠지지만 충격적인 일을 겪게 된다. 어린 시절부터 성인이 된 이후까지 제인 에어의 삶을 통해 우정과 사랑, 가족과 결혼, 주체적이고 독립적인 여성의 삶 등의 주제를 드러낸다. 2011년에는 영화로 영상화되기도 했다.

에밀리 브론테 Emily Bronte ────────────

1818.07.30.~1848.12.19. 영국 요크셔에서 태어났다. 1846년 언니 샬럿 브론테, 동생 앤 브론테와 함께 시집을 자비로 출판했다. 하지만 시집이 거의 팔리지 않아 소설을 쓰기 시작했으며, 그렇게 에밀리 브론테의 유일한 소설이자 대표작인 『폭풍의 언덕Wuthering Heights』(1847)이 세상에 나오게 되었다. 『폭풍의 언덕』은 출간 당시에는 비윤리적인 작품이라는 평가를 들었으며, 20세기가 되어서야 그 작품성을 인정받았다. 에밀리 브론테는 폐렴과 결핵으로 쓰러졌지만 의사의 진찰을 거부하여 1848년 30세에 사망했다.

○ '말해줘 말해줘Tell Me Tell Me', '하루 종일 나는 고생했지만All Day I've Toiled', '사랑은 들장미와 같고Love is Like the Wild Rose Briar': 이 책에는 에밀리 브론테의 세 편의 시를 실었다. 그는 '말해줘 말해줘'에서 미래를, '하루 종일 나는 고생했지만'에서 희망과 평화를, '사랑은 들장미와 같고'에서 우정을 이야기한다. 우여곡절 많은 삶을 살았지만 이렇듯

밝고 희망찬 시도 많이 썼다. 에밀리 브론테의 시를 통해 그의 대표작인 장편소설 『폭풍의 언덕』의 정서와는 사뭇 다른 새로운 감각을 느껴볼 수 있다.

버지니아 울프 Virginia Woolf ──────────

1882.01.25.~1941.03.28. 영국 런던에서 태어났다. 1915년 첫 소설 『출항The Voyage Out』을 출간했다. 대표적인 작품으로는 『댈러웨이 부인Mrs. Dalloway』(1925) 『등대로 To the Lighthouse』(1927) 『자기만의 방A Room of One's Own』(1929) 등이 있다. '의식의 흐름' 기법을 사용하고 여성의 지위에 관한 논쟁적인 작품을 쓰며 많은 관심을 얻었다. 평생 정신건강 때문에 괴로워했고, 1941년 59세에 루이스의 우즈강에서 자살했다.

○『자기만의 방』: 1929년 출간된 강연문에 기초한 에세이다. 버지니아 울프는 케임브리지 대학교 내 여자대학에서 '여성과 픽션'을 주제로 강연을 했고 이 강연의 내용을 토대로 책을 집필했다. 이 책은 여성과 글쓰기에 대해 이야기하며 여성에게 '돈'과 '자기만의 방'이 필요함을 언급한다. 출간 당시에는 모두가 버지니아 울프의 주장을 가벼이 여겼지만, 1970년대에 이르러 페미니즘 문학 비평이 본격적으로 등장하면서 많은 사람의 주목을 받기 시작했다.

루시 모드 몽고메리 Lucy Maud Montgomery ───────

1874.11.30.~1942.04.24. 캐나다 프린스에드워드아일
랜드에서 태어났다. 루시 모드 몽고메리는 어린 시절부터
글쓰기에 뛰어난 재능을 보였다. 1908년 첫 소설이자 대
표적인 작품인 『빨간 머리 앤Anne of Green Gables』을 출간
했고, 엄청난 인기를 얻었다. 이후 중년 여성이 된 앤의 이
야기까지 여러 편의 후속작을 출간했다. 이외에도 여러
소설과 시를 썼다. 캐나다에서 여성 최초로 문학예술왕립
학회의 회원이 되었으며 대영제국 훈장을 받기도 했다.
1942년 토론토의 자택에서 68세에 사망했다.

○『빨간 머리 앤』: 1908년 출간된 장편소설이자 앤 시리즈의
  첫 번째 책이다. 초록 지붕 집에 사는 부부 매슈와 마릴라는
  남자아이를 입양하고자 했지만, 어떻게 된 일인지 여자아이
  인 주인공 '앤'이 오게 된다. 매슈와 마릴라는 앤을 돌려보
  낼까 고민하지만 이내 함께 살기로 결정한다. 이후 앤이 초
  록 지붕 집에 살면서, 고아원에 있을 때는 해보지 못한 경험
  들을 하며 성장하는 내용이 이어진다. 발랄하고 사랑스러운

앤의 성격 묘사뿐 아니라 아름다운 자연이 눈앞에 펼쳐진 듯 생생하게 묘사하며, 인물들의 감정 또한 섬세하게 다룬 작품이다.

마음은 여름 햇살처럼

초판 1쇄 인쇄	2024년 8월 16일
초판 1쇄 발행	2024년 8월 30일

지은이	강경애 · 김명순 · 나혜석 · 지하련 · 루이자 메이 올컷 · 루시 모드 몽고메리 · 버지니아 울프 · 샬럿 브론테 · 에밀리 브론테 · 에밀리 디킨슨 · 이디스 워튼 · 제인 오스틴
엮고 옮긴이	백세희
발행인	정수동
편집주간	이남경
책임편집	김유진
본문 디자인	홍민지
표지 디자인	Yozoh Studio Mongsangso

발행처	저녁달
출판등록	2017년 1월 17일 제406-2017-000009호
주소	경기도 파주시 문발로 142 니은빌딩 304호
전화	02-599-0625
팩스	02-6442-4625
이메일	book@mongsangso.com
인스타그램	@eveningmoon_book
유튜브	몽상소

ISBN	979-11-89217-35-8 03800

· 저작권법에 의해 보호를 받는 저작물이므로 무단전재와 무단복제를 금합니다.
· 잘못 만들어진 책은 구입하신 서점에서 교환해드립니다.